講談社文庫

忌物堂鬼談《いぶつどうきだん》

三津田信三

JN043291

講談社

忌物堂鬼談《いぶつどうきだん》

◎目次

●本文イラスト 村田 修 ●扉・目次デザイン 坂野公一(welle design)

第一夜　砂《すな》歩《ある》き

はぁはぁはぁはぁ……。

もう走れないとばかりに、忙《せわ》しなく息を吐《は》きながら由羽希《ゆうき》は立ち止まった。それでも後ろをすぐに確かめたのは、もちろん怖かったからだ。

……何も跟《つ》いてきてない。

彼女の背後には、人っ子ひとり見えぬ道幅の狭い舗装路が、くねくねと蛇行しながら西へと延びている。道の南側は高く聳《そび》える峻険《しゅんけん》な岩壁で、北側は激しく波頭が打ち寄せる海岸線の岩場である。厳しい自然に挟まれた細い道は、小型乗用車が辛うじて擦れ違える幅しかなく、なんとも頼りない存在に映っている。

そんな道を見つめているうちに、曲がりくねった向こう側から、ここまで自分を追いかけてきた何かが、ぬっと今にも姿を現しそうで、由羽希はぞっとした。

……砂歩《すなある》き。

脳裏に浮かんだ言葉を必死に振り払うと、再び先を急ぐ。もっとも九泊里《くどまり》の集落は過ぎているので、目的地まであと少しである。両脚は棒のようだったが、前より精神的なゆとりはあったかもしれない。

ところが、舗装路が海岸線から離れ出し、周囲に松林が広がる地点まで来ると、たんに雑草が目立ちはじめ、なんとも不安になった。傍若無人《ぼうじゃくぶじん》に生い茂る雑草は、道の左右の土壌部分だけでなく、罅《ひび》割れたアスファルトの下からも顔を覗《のぞ》かせている。この相当に荒れ果てた眺めは、ほとんど人間が行き来していないせいではないだろうか。

でも、どうして？

前方の松林が途切れた先に、こんもりと瘤《こぶ》のように盛り上がった岬があり、天辺《てっぺん》には遺仏寺《いぶつじ》が建っている。そこが由羽希の目的地なのだが、記憶にある風景と、どうにも異なっているように見えた。その差異が、なぜか恐ろしくて堪《たま》らない。

四月から高校生になる彼女にとって、寺院という存在は正直かなり縁遠い。それでも都会と違って地方では、地域の人々との結びつきが強いだろうと、漠然とだが思っていた。だから目の前の荒廃した道の状態が、腑《ふ》に落ちなかった。

私が小学生のころは、もっとちゃんとしてたはずなのに……。

雑草が舗装路の大半を覆いはじめたころ、道の際に石段が現れた。ざっと見ただけでも百段はあるだろうか。このまま舗装路を辿《たど》っても寺には行けるが、石段よりも確実に歩く距離が長くなる。そのうえ鬱蒼《うっそう》と茂った昼なお暗い樹木の中を進まなければならない。ただでさえ夕間暮《ゆうまぐ》れで陽の光が乏しいのに、さらに薄暗くなるのは勘弁して欲しい。

そこで石段を選ぶことにしたのだが、由羽希は天辺を見上げて、思わず溜息《ためいき》を吐《つ》いた。まず傾斜が急である。しかも石段は所々で崩れかけており、おまけに苔《こけ》まで生えている。見るからに滑り易《やす》そうで、なんとも危なっかしい。

暗いとこを歩くよりはいいか。

そう自分に言い聞かせて、彼女は石段を上《のぼ》りはじめた。ゆっくりとした歩みで、一段ずつ慎重に上がっていく。ここまで辿り着きながら、足を踏み外して怪我《けが》などしたくない。それに全速力で駆けたため疲れてもいる。しかし一番の理由は、心を落ち着けたかったからかもしれない。今から住職に会って、どのように話を切り出すのか、できれば慎重に考えたかった。

だが残念ながら、二十段ほど石段を上がった辺《あた》りで、そんな余裕がなくなった。いきなり両膝《ひざ》に、がくんと負担を覚える。とっさに両の掌《てのひら》で二つの膝頭を押さえ、その場で立ち止まった。ここまでの走りがなければ、まだまだ大丈夫だったはずだ。しかし実際は、自分で感じるよりも疲労しているらしい。

由羽希は石段に腰を下ろすと、少し休むことにした。遺仏寺はもうそこである。今ここで焦っても仕方ない。

……えっ。

知らぬ間に、うつらうつらしていたようで、はっと目覚めた瞬間、自分が何処《どこ》にいるのか分からなかった。まったく未知の異界に、たった独りで放り出されたような心細さと忌まわしさを覚え、とっさに彼女は慄《おのの》いた。

そうか。遺仏寺に行くとこだったんだ……。

すぐに現実を認めることができて良かったが、そうでなければ動揺のあまり不用意に動いて、石段を転げ落ちていたかもしれない。

ばくばくと煩《うるさ》いほど鳴る心臓が落ち着くのを待って、由羽希は再び石段を上りはじめた。充分に休憩したはずなのに、たちまち両脚が怠《だる》くなる。それでも交互に足を出す。石段を見上げると、まだまだ天辺は遠い。見ていると気力が萎えるので下を向く。黙々と上る。ひたすら石段を辿る。しばらく経ってから立ち止まり、また見上げる。先程とほとんど変わらない距離がある。まったく近づいていない。意気消沈しながら下を向く。石段を上がる。とにかく進む。かなり頑張ってから見上げる。やっぱり同じくらい遠い。ちっとも進んでいないように思える。

永遠に続く石段……。

そんなイメージが、ふいに浮かぶ。いくら上っても天辺に辿り着くことができない。延々と石の段が続いている。階段地獄とでも言うべき責めを負わされている気分になる。

それでも諦《あきら》めずに一段ずつ確実に上がり続けた結果、ようやく由羽希は山門を潜《くぐ》ることができた。

ついに着いたと喜べたのも束《つか》の間《ま》、どんよりと彼女の心は沈んだ。目の前に広がる境内《けいだい》が、なんとも荒れ果てていたからだ。九泊里を過ぎたあとの舗装路と石段の状態から、ある意味これは予想できた眺めだった。しかし、ここまで没落の気配を漂わせているとは思いもしなかった。ほとんど廃寺のような有様である。

せっかく来たのに、無駄だったのかな。

途轍《とてつ》もない徒労感を由羽希は覚えた。だが、その一方で首を傾《かし》げてもいた。

それにしても、どうしたんだろう？

雑草によって埋まりそうな石畳を踏み締めつつ、由羽希は本堂へ向かった。その右手には庫裡《くり》が見え、左手は墓地になっている。なんとも夥《おびただ》しい墓石を目にしたとたん、彼女の足が止まりかけた。

……砂歩き。

あそこには無数の砂歩きが、うじゃうじゃと蠢《うごめ》いているのではないか。そんな風に想像して、思わず逃げ出しそうになる。しかし、すぐさま自分の誤解に気づいた。

墓に入ってるなら、もう成仏《じょうぶつ》してるんじゃない。

そもそもここは寺である。仮に砂歩きが追いかけて来たとしても、境内には侵入できないのではないか。そう考えた側《そば》から不安になった。これほど荒廃している寺に、魔物を祓《はら》う力が果たしてあるだろうか。むしろ邪悪な存在を呼び寄せてしまうのではないか。

みしっ。

目の前の本堂から物音がして、由羽希はびくっとした。

……見られてる。

少しだけ開いた本堂の扉の暗がりから、何かに覗かれている気がする。

やっぱり逃げよう。

そっと回れ右をして、彼女が駆け出そうとしたときだった。

にゃう。

猫の鳴き声が聞こえた。

由羽希が思わず振り返ると、本堂の扉の陰から、するっと一匹の黒猫が姿を現した。真っ黒な顔に、ぴんっと伸びた真っ白な髭《ひげ》が目立っている。可愛《かわい》らしさの中にも威厳の感じられる風貌《ふうぼう》に、

「あっ、お前は……」

彼女は一瞬、口籠《くちごも》ってから、

「く、黒猫先生！」

かつて自分が命名した名前を、つっかえながらも叫んでいた。

にゃ？

しかし扉から出た黒猫は、本堂の外周を一回りしている廊下の途中まで進んだところで、そんな由羽希を警戒するように、ぴたっと動きを止めたまま小首を傾げて見ている。

「私よ、忘れたの？　ここでよく遊んだでしょ」

彼女が階段を上がりはじめると、黒猫は少しだけ後退《あとずさ》ったが、逃げる素振りまでは見せない。そこに留まりながら、凝《じ》っとこちらを見詰めている。

由羽希は階段の上部に腰かけ、猫と同じ目線で、さらに呼びかけた。

「黒猫先生、私だよ。ゆ、う、き。前はもっと小さかったけど、成長したの。そんなぁ、覚えてないの？」

黒猫は慎重な様子で、ゆっくりと近づきながら、しきりに鼻を動かしている。そうしながらも時折ちらっと彼女を見上げる仕草が、なんとも可愛い。

「黒猫先生は、あんまり大きくなってないね」

彼女は荒れた境内を見回しながら、

「ろくに食べさせてもらってないのかな」

すると黒猫が突然、由羽希に身体《からだ》を擦りつけてきた。と思ったら、みゃうみゃうと甘えた声を出しはじめた。

「あっ、思い出してくれたんだ」

嬉《うれ》しさのあまり由羽希が頭を撫《な》でると、黒猫はぴんっと尻尾《しっぽ》を立てながら、さらに強く身体を押しつけてくる。その温かさと柔らかい感触が気持ち良く、ほっこりとした気分に彼女は包まれたのだが、

「……おい」

堂内から急に声をかけられ、危うく階段を転げ落ちそうになった。なんとか踏み留まったものの、突然の動きに驚いたのか、あっという間に黒猫は廊下を走って行ってしまった。

待って、黒猫先生！

思わず呼び止めようとして、自分も逃げるべきではないのか、と遅蒔《おそま》きながら由羽希は気づいた。だが、彼女が階段を下りはじめる前に、

「扉を開けたら、ちゃんと閉めろ」

低い声が聞こえて、扉の陰からぬっと坊主《ぼうず》頭が出てきた。

わっ。

悲鳴を上げそうになったが、その坊主頭の顔を目にした瞬間、ぞくっと彼女の背筋が震えた。恐ろしかったからではない。こんな荒れ寺には不釣合いなほど、あまりに

も美形だったせいだ。

形の良い卵型の頭部に、初々《ういうい》しく残る剃《そ》り跡。涼しげな目元と、すっきり通った鼻筋。きめ細かな白い肌に映える、妙に赤い唇《くちびる》。髪の毛がないことで、むしろ男振りが上がっているような顔である。歳は二十代の半ばくらいか。

「なんや、猫はおらんのか」

「あ、あっちへ、行きました」

由羽希が廊下の右手を指差すと、男は真剣な表情で、

「独りで扉を開けるくせに、閉めることを覚えようとせん」

「……そうなんですか」

「困ったもんや」

そのまま男の頭が引っ込みそうになったので、彼女は慌てて尋ねた。

「あ、あなたは？」

「ここの坊主に決まっとるやろ」

見た目の綺麗《きれい》さとはかけ離れた関西風の喋《しゃべ》り方に、再び由羽希はぞくっとした。

彼の容姿には似合わない言葉遣いに、普通なら失望するところだが、なぜか違った。

そのアンバランスさが、逆に堪らない魅力に映ってしまったらしい。

とはいえ、それ以上に気になることがあったので、思い切って訊《き》いてみた。

「あのー、ご住職は？」

「親父《おやじ》なら、死んだ」

あっさりと返され、とっさに何も言えないでいると、

「親父どころか、みーんないのうなったわ」

あっけらかんとした口調で、とんでもない事実を知らされた。

「わ、私がここへ来てたとき、優しいお婆さんや――あっ、ご住職のお母さんのことです。可愛い小坊主さんがいました。お寺はいつも静かでしたけど、非常に……」

活気があって――と言いかけて止めた。まるで今の荒廃振りを、わざわざ強調しているようではないか。それに皆がいなくなった理由が、まったく分からない。その点がはっきりしないと、あまり迂闊《うかつ》なことは口にできないと思った。

「そのー、どうして……」

だから由羽希は、この遺仏寺で何があったのか、それを尋ねようとしたのだが、

「遠巳《とおみ》家のゆうきか」

彼にそう言われ、びっくりした。

「な、なぜ……私の名前を？」

父親の住職から、かつて寺に遊びに来ていた少女のことを聞いていたのかと考えた。母親の実家である遠巳家は、この寺の檀家《だんか》なのだから別に不思議ではない。だけ

ど、やっぱり変だと思い直した。その少女と目の前の自分とが、どうして即座に結びついたのか。

ところが、そんな彼女の疑問を吹き飛ばすような言葉が、彼の口から出た。

「砂歩きか」

何を言われたのか、まったく理解できない状態で、由羽希が物凄《ものすご》いショックを受けていると、

「天山天空《てんざんてんくう》や」

いきなり相手が名乗ったので、とっさに頭を下げた。

「は、はじめまして」

ところが顔を上げると、その天空が消えている。

ゆ、幽霊……。

それにしては実体があり過ぎたみたいだが、よく考えると彼の頭部しか目にしていないと気づき、ぞっとした。ここほど出そうな雰囲気の寺も、そうないだろう。亡くなったのは先代の住職だけではなく、息子の彼も死んでいるのではないか。

やっぱり逃げるべきか……と再び迷っていると、

「遠慮はいらん。早《はよ》う入れ」

本堂の中で声が響いた。

「……は、はい」

やっぱり生身の人間だったのかと思いながら、由羽希は靴を脱いで廊下に上がると、少しだけ開いた観音《かんのん》開きの扉に手をかけ、恐る恐る堂内へ入った。

がたっ、ごとん。

そのとたん、何かを蹴飛《けと》ばしてしまい、いきなり派手な物音が鳴った。ぶつけた右足の爪先《つまさき》が、とても痛い。

「おいおい、壊さんといてくれよ」

「す、すみません」

反射的に謝りながら足元を見ると、鉄鍋《てつなべ》と花瓶らしきものが転がっている。前者は持ち手が取れており、後者は縁が欠けていたので、てっきり自分が壊したのだと、爪先の痛みも忘れて彼女は大いに焦った。だが、それも束の間だった。

薄暗い堂内に目をやると、まさに足の踏み場もないほど物が散乱していて、その多くが半ば壊れているではないか。

床の上に雑然と置かれていたのは、書籍、宝飾品、電話、壺《つぼ》、絵画、掛け軸、座布団、大工道具、釣竿《つりざお》、鋏《はさみ》、人形、傘、衣類、杖《つえ》、南京錠、椅子《いす》、文机《ふづくえ》、書道具、鏡台、仮面、一輪車、楽器、竹刀《しない》、火鉢と、まったくバラバラである。共通点があるとすれば、どれも古びており、ほとんど我楽多《がらくた》にしか見えないところだろう。

まるで売れないアンティークショップみたい。

そんな思いが、どうやら顔に出たらしい。冷たい視線を向けられ、とっさに俯《うつむ》いてしまった。美形な容貌だけに、そういう眼差《まなざ》しを浴びせられると、なんとも言えぬ凄みがある。

「随分と暗《くろ》うなったな」

天空は独り言のように呟《つぶや》いてから、祭壇の両脇に蠟燭《ろうそく》を点《とも》した。お蔭《かげ》で堂内は少し明るくなったが、代わりに蠟燭の炎によって、床の上に置かれた品々に影ができた。それまでは全体に薄暗かったのが、逆に暗がりが強まったかのようである。

「まぁ座れ」

彼は祭壇の前に腰を落ち着けてから、由羽希に自分の前を指し示した。だが、そこにも物が散乱していて足の踏み場もない。仕方なく彼女が片づけはじめると、

「大雑把《おおざっぱ》で大丈夫やけど、粗末には扱うな」

変な注文をつけられた。適当に片づけたのでは座る場所が作れないし、丁寧に触る必要のある品物など一つもなさそうなのに。

そんな不満が、またしても態度に出たのか、

「どれも価値のないもんに見えるやろうけど、ここにあるんは全部、忌物なんや」

そう説明されたが、何のことか一向に分からない。

「いぶつ……って？」

由羽希の脳裏には、「異物」の文字が浮かんでいた。しかし、きっと違うのだろうと思っていると、天空が漢字の説明をしたあと、

「付喪神《つくもがみ》は知っとるか」

「いいえ」

首を振る彼女に、何も言わないまま彼は本堂を出て行ったが、すぐに戻ってきて大判の本を目の前で開いたので、中腰のまま眺める羽目になった。

「これは妖怪に関する絵巻《えまき》や草紙《そうし》を載せた本やけど、室町《むろまち》時代に成立したとされる『付喪神絵巻』いう絵巻物があってな」

そう言いながら示した頁《ページ》には、大掃除《おおそうじ》をしているらしい家の絵が載っていた。

「これは歳末の煤《すす》払いをしとる場面やが――」

「すすはらい？」

「年に一度の大掃除のことや」

邪魔臭そうに天空が説明する。

「この煤払いで捨てられた古器物が――古い道具のことやけど――、自分たちを邪険にした人間に復讐《ふくしゅう》するために、妖怪と化すわけや。使われてから百年は経っとるんで、その功により変化《へんげ》ができたんやな」

「それが付喪神ですか」

「歳月を経たものには、魂が宿るいうアニミズム的な考えや」

「なんか猫又みたいですね」

「あぁ、近いかもしれん。もちろん猫は最初から生きてて、器物に命はないわけやけど、長い年数が経つうちに、異形のものに変化する力を持ついう意味では、まぁ一緒やろ」

「つまり、ここにあるのは……」

由羽希が堂内を見回していると、

「いや、違う。分かり易《やす》い例として出しただけで、付喪神ではない。これらは、あくまでも忌物や」

「その忌物というのは……」

「要は所有しとるだけで、祟《たた》られてしまうような代物やな」

耳を疑うような台詞《せりふ》を彼が口にした。

「ええっ」

座りかけていた由羽希が、思わず声を上げて立ち上がるのを見て、天空が楽しそうに笑った。見かけによらず、意外と性格は悪いのかもしれない。

かちんときた彼女が怒りに任せて、

「そんな危険な場所に、わざと通さないで下さい」

物怖《ものお》じせずに文句を言ったのだが、

「心配せんでもええ。どれも俺が、きちんと御祓《おはら》いしとる」

さらっと躱《かわ》されてしまった。それでも由羽希が中腰のまま、疑い深そうに周囲を眺めていると、

「ほんまに大丈夫やから、ちゃんと座れ」

宥《なだ》めるような口調で、彼が自分の前の床の上を指差した。

その態度が自信あり気に見えたので、ようやく彼女もその場に腰を下ろした。ただし周囲の忌物には、少しでも身体が触れないように注意する。こんなところまで来て、とばっちりなど喰《く》いたくない。

「もっとも御祓いしてるとはいえ、ここまで数が集まったら、障《さわ》りの一つや二つ出ても、何の不思議もないけどな」

ところが天空が、またしても不穏なことを言い出したので、

「そんな……」

再び由羽希が腰を浮かしかけると、にやっと笑われた。さすがに腹が立って、ちょっと強く抗議しようとしたときである。

にゃー。

いつの間に近づいたのか、彼女の足元に黒猫が座って鳴いている。

「黒猫先生、戻ってきたの」

「その黒いのが、先生か」

天空には呆《あき》れられたが、由羽希にとっては懐かしい名前である。それに彼の端正な顔を見ているうちに、飼い主の自覚が足りないのではないか、という怒りがむらむらと湧《わ》き起こってきた。

「ちゃんと餌を上げてるんですか」

「何のことや」

「私が小学生だったときと、ほとんど変わってません。満足に餌をもらってないからじゃないんですか」

「そら違うと思うけど、元々が野良《のら》やからな」

「でも、ここのお寺で飼ってるんですよね」

「飼ってるいうより、居ついてるいうか……」

「だったら、やっぱり餌は上げるべきです」

きっぱりと強い口調で彼女は主張したが、あくまでも天空はのんびりした様子で、

「そんなら、あの器をご飯皿にでもするか」

二人から少し離れたところに転がっている、高価そうに見えながらも何処か薄気味

の悪い平皿を指差した。

「でも、あれって忌物なんでしょ」

由羽希が眉《まゆ》を顰《ひそ》めると、

「何を言うとる。お前も忌物を、ここへ持って来とるやないか」

すぐには理解できない台詞を投げられ、愕然《がくぜん》とした。

「ほれ、そこに」

天空の右手の人差し指は、完全に固まってしまった彼女の、なんとジャケットの内ポケットに向けられている。

えっ、ここ？

何よ、これ……。

反射的に右手を入れて、何か薄くて硬いものに当たり、びくっとする。

正直あまり触りたくないが、確かめないまま放っておくのも怖い。かといってポケットから取り出して、天空に見せて良いものかどうか。

色々と迷っているうちに、改めて目の前の男が気になり出した。

私が何かを持ってると、どうして分かったの？

ジャケットの上からでは、内ポケットに入っているものなど見取れるはずがない。問題の品物が嵩張《かさば》っていないので余計である。

第一それが忌物だって、なぜ分かるの？

由羽希は急に、目の前の男が怖くなった。のこのこと本堂に入ってしまったが、あまりにも軽率だったのではないか。

彼女が疑いの眼差しで、繁々《しげしげ》と天空を注視していると、

「お前、目つき悪いなぁ」

しみじみとした口調で言われ、なぜか傷ついた。

「そんな目ぇしとったら、悪い気ぃが寄ってきよるぞ」

忌物などという得体の知れぬものに囲まれている男に、そんなことは言われたくない。そう思ったのが、また顔に出たらしい。

「関西の仏教系の大学に行ってたころ――」

いきなり天空が、身の上話めいたものをはじめた。

「ある出来事《できごと》に関わったせいで、この世には人間の念が籠っとるとしか思えん、そういう忌まわしいものが、ほんまに実在しとるんやと、まぁ知る羽目になってな」

どうやら彼女が遺仏寺に出入りしていたころが、ちょうど彼の大学時代と重なるようである。

「そして俺には、そういった念が籠る原因となった、曰《いわ》く因縁《いんねん》の話が視《み》えるらしいと分かり出した」

「……その品物を、目の前にしただけで、ですか」

「そうや。しかも俺が原因の因縁を視ることで、その品物の念が消えるんやないか……いうことも分かってきてな」

それが本当なら、かなり凄い能力である。由羽希は素直に感心したのだが、そんな彼女を見て、彼がにやっと笑った。

「もっとも実際は、それほど単純やなかった。ただ、大きな障りも出んかったんで、まぁええかと考えただけや」

なんとも気になる台詞を付け加えたのだが、由羽希が質問する前に、さっさと天空は話を進めた。

「昔から怪談は好きやった。ほんまにあったとされる実話怪談が、特に好みでな。大学でも百物語なんかやったけど、それよりもリアルな怪談が、曰く因縁のある品物を集めることで、なんぼでも体験できる。そんな物品を、俺は『忌物』と名づけて、とにかく集めはじめた。それは大学を卒業して、ここに戻ってからも続いた。いや、卒業後に寺で蒐集《しゅうしゅう》した忌物のほうが、圧倒的に多いやろな。いつの間にか俺の噂《うわさ》が広まって、全国各地から色んな品が届くようになったからなぁ」

「ここのお寺の名前も、ひょっとして関係してるんじゃないですか」

思いついたことを口にしただけなのに、彼は大袈裟《おおげさ》に反応した。

「なかなか鋭いな。遺す仏の寺の『遺仏寺』やのうて、忌むべき物の寺の『忌物寺』と書かれた小包や宅配が、そのうち届くようになったからな」

「そう言えば前に、曰く因縁のある人形を供養《くよう》するお寺か神社のことを、何かで読んだ覚えがありますけど、あれと同じですね」

すると天空が、ふっと翳《かげ》りのある顔を見せた。だが、それも一瞬だった。すぐに苦笑しながら、

「あっちは人形供養しつつも、本来のお勤めを蔑《ないがし》ろにしてへんはずや。けど、こっちは違うからな」

「……どういう意味ですか」

なんとなく訊きにくかったが、勇気を出して尋ねると、彼は呆れたような顔で、

「見て分からんか。この寺の状態が」

「そのー、かなり荒れてますよね」

「せっせと忌物蒐集の道楽に、俺が精を出したお蔭で、昔からの檀家もすっかり離れてしもうた。その結果が、この有様いうわけや」

大仰《おおぎょう》に嘆いて見せたが、その様子になぜか引っかかった。とはいえ彼女には、そんなことより気になる問題があった。

「それじゃ、もう遠巳家とも……」

付き合いが途絶えているのであれば、わざわざ訪ねて来た意味がない。そう心配したのだが、天空は首を振った。

「いや、遠巳家の刀自の葬儀は、こちらで確かに執り行のうた」

刀自《とじ》とは戸主である年配の婦人を指す言葉だと、由羽希は小説を読んで知っていた。だから尋ね返すことなく、肝心の用件を切り出そうとした。

「祖母の葬儀のときですが――」

しかし天山天空は、それを強引に遮ると、

「ちょっと待て。そういう話に入る前に、まず名乗るのが礼儀やろう」

「だって――」

私のことは、もう知ってるじゃありませんか、という言葉を彼女は呑《の》み込んだ。どうやら正式に挨拶《あいさつ》しろということらしい。

「はい、すみませんでした」

素直に謝ってから、由羽希は改めて自己紹介をした。彼が癖のある坊主だということは、これまでのやり取りで充分に悟れている。ここは相手に合わせるのが得策だろうと考えた。

「どんな字を書く？」

彼に名前の漢字を訊かれたので、

「理由の由に、羽根の羽、希望の希です」

そう答えてから、慌てて名字は「宮里《みやざと》」だと名乗り、内之沢《うちのさわ》の遠巳家は祖父母の家だと断った。

「はっはっはっはっ」

そのとたん天空が、いきなり楽しそうに笑い出した。

「いいや、謝らんでもええ。こりゃ俺が悪かった」

そう言うと、ぺこりと頭を下げたので、彼女はびっくりした。まったく何が何だか、さっぱり分からない。

この人に相談して、本当に大丈夫かなぁ。

今度は表情に出さないように気をつけつつ、由羽希が不安がっていると、

「ええ加減に、見せたらどうや」

彼にジャケットの内ポケットを指差され、反射的に問題の品物を取り出した。

それは一枚の櫛《くし》だった。かつては綺麗だったかもしれないが、今では古惚《ふるぼ》けて、ほとんど光沢も見られない。歯は何本も折れ、また先端の欠けが目立っている。

こんなものを、いったいどうして……。

彼女が唖然《あぜん》としていると、天空が難しそうな顔で、

「遠巳家の刀自のお棺の中に、副葬品として入れてあったもんやな」

一瞬、頭の中で「ふくそうひん」が漢字に変換されずに、由羽希は戸惑った。しかし、死者と共に棺桶《かんおけ》の中に入れる品だと説明され、半ば放り出すように櫛を彼に手渡していた。

「ふむ、これは厄介やな」

天空の独り言のような呟きが、ぐさっと彼女の胸に突き刺さる。

「……の、呪《のろ》われてるとか」

びくつきながら訊くと、彼が櫛から顔を上げて、

「で、何があった？」

逆に訊き返されたのだが、そこで由羽希は思わず口籠ってしまった。

……あれ？

説明しようとするのだが、まったく言葉が出てこない。それも、どう言って良いのか分からないからではなく、自分の身に何が起きたのか、どうやら少しも覚えていないからだと改めて知り、呆然《ぼうぜん》とした。

でも、どうして……。

そんな信じられない状況を、何度も閊《つか》えて苦労しながら、やっとの思いで由羽希は口にしたのだが、

「なかなか珍しい例やなぁ」

新たな怪談が聞けそうな期待からか、天空は興味津々《きょうみしんしん》である。

「ほんなら、とりあえず覚えてることから話したらええ」

「でも、それが……」

「この寺に来ようと思うた。それは間違いないやろ」

「……ええ、まぁ」

躊躇《ためら》いながらも由羽希は頷《うなず》くと、自分が遺仏寺を目指して歩いているところから、どうにか語りはじめた。

＊

由羽希は砂浜を歩いていた。片脚を前へ踏み出すたびに、ずぶっと靴が砂に減《め》り込む。とても歩きにくいが、母の実家がある糸藻沢《しもさわ》地方の漁村を訪れたときは、海辺を散策するのが数少ない楽しみの一つだった。

もっとも今は、それどころじゃないけど。

彼女は一刻も早く遺仏寺に行きたかった。ちなみに寺は九泊里の先の、岬の突端に建っている。そのため祖父母の家がある内之沢から、本位田《ほんいでん》、蛸壺《たこつぼ》、寄浪《きなみ》、芋洗《いもあらい》、九泊里という五つの集落を辿る必要があった。

昔のように自転車に乗れれば……。

そんな思いが彼女に、ふと自らの小学生時代を回想させた。

夏休みや冬休みに祖父母の田舎に遊びに行った友達の体験を聞くと、決まって由羽希は羨ましくなった。なんとも和気藹々《わきあいあい》とした家族の触れ合いが、彼らの話から自然に感じ取れるからだ。もちろん中には父方の祖母と母が上手くいっていないなど、昔ながらの嫁と姑《しゅうとめ》の問題を愚痴る者もいる。とはいえ仮に争い事が起きても、たいていは当事者同士で有耶無耶《うやむや》に済ますらしい。たとえ拗《こじ》れても滞在は一時なので、特に問題はない。次の訪問時には双方が、まったく何事もなかったように振る舞う。第一そういった大人たちの確執は、あまり子供には関係ない。年に一度くらいしか訪れない田舎で、いかに面白く過ごせるかが、彼らの最大の関心事なのだから。

ところが、由羽希は違った。物心ついたころから遠巳家に帰省するたびに、母と祖母の間に漂う異様な雰囲気に呑まれ、いつも緊張してしまう。何度も泊まっているのに、常にはじめて訪れる家のような気がしてならない。そこに新鮮さを覚えられれば良いのだが、むしろ逆だった。すでに馴染《なじ》みの場所なのに、いつまで経っても決して慣れない。非常に近しい親族なのに、いつまで経っても絶対に相容《あいい》れない。そんな息苦しさを覚える。なぜなら母と祖母の関係が、かなり変だったからだ。

遠巳家は糸藻沢地方でも旧家で、戦前は一帯の集落の大地主だったという。それが戦後の農地解放を切っ掛けに、少しずつ零落していったらしい。高度経済成長により日本全土が活気づく中で、時代に逆行するように往時の勢いを徐々に失ったのが、この遠巳家だった。その後の時代も状況は変わらず、かといって完全に没落することもなく、今日に至っているという。

もちろん小学生の由羽希に、そういった経緯が理解できたわけではない。ただ、かつては栄えた名のある家だったのに、今では見る影もない。そんな気配が屋敷中に漂っていることは、子供であろうと感じ取れた。

遠巳家は代々が女系で、祖父も養子だと聞いている。男が生まれないわけではないが、家を継ぐのは長女と決まっているらしい。祖母もそうだった。

ひょっとしてお母さんも、長女なのかな。

小学校の高学年のとき、由羽希は疑ったことがある。そこで叔父《おじ》にさりげなく探りを入れると、あっさり認めたので拍子《ひょうし》抜けした。いや、その人が本当に自分の叔父なのか、最初は分からなかった。祖父母への接し方と母よりも年下らしい容姿から、そう判断しただけである。

母には兄弟姉妹がいるようだが、正確なところは未《いま》だに知らない。まったくと言って良いほど昔から親戚付き合いがないうえに、祖父母の家で誰かと会っても、一度たりとも紹介された覚えがないせいだ。わざわざ向こうも自己紹介をしないし、人見知りをする由羽希が尋ねることもなかった。ただ幼いころから母の実家で何度か顔を合わせているので、きっと親族に違いないとは思っていた。

これまでに由羽希は二度だけ、従姉妹《いとこ》と思われる少女に会っている。彼女より一、二歳は上らしく、ちょっと大人びた綺麗な顔立ちをしていたが、互いに口を利いたことはない。二度目に顔を見たとき、由羽希が勇気を出して話しかけようとしたのに、なんとも冷たく無視されてしまった。その態度がまさに母を思わせ、はじめて血の繋《つな》がりを感じたのだが、同時に彼女の意気地もあっさりと砕かれた。もしまた会う機会があっても、とても彼女とは喋れないだろう。

従兄弟《いとこ》の存在についても、今に至るも何一つ分かっていない。とにかく母の兄弟姉妹について、信じられないほど由羽希は無知だった。その顔触れも、結婚の有無も、子供が何人いるのかも、そういう基本的な知識が皆無だった。母が何も教えてくれなかったからだが、彼女自身が興味を持たなかったことも原因だろう。とはいえ由羽希が親族に対して無関心に育ったのは、すべて母のせいである。

斯様《かよう》に奇妙な環境で大きくなったため、その叔父らしき人と話ができたのも、本当にたまたまだった。そういう機会に恵まれただけである。だが、お蔭で由羽希は、ようやく納得できた気がした。

母は長女だったにも拘《かかわ》らず遠巳家を継がずに、勝手に東京へ飛び出して独り暮らしをすると、やがて知り合った父と結婚したらしい。実家を無視した振る舞いに、祖母は激怒したという。そういった蟠《わだかま》りが、恐らく今でも残っているのだ。

「うちは昔から、女の強い家系だったからな」

叔父と思われる人が、ぽつりと呟いた。

「そういう強さは長女がお婿さんをもらうときに、言うなれば母親から娘に引き継がれたわけだ」

そこで彼は困ったような顔で、由羽希を見詰めながら、

「ところが姉さんは……あっ、由羽希ちゃんのお母さんのことだけど――」

この発言で彼が、ようやく由羽希の叔父だと分かったわけだが、彼女の興味はすっかり昔の母親に向けられていた。

「もう小学校の高学年ごろから、遠巳家の女らしい性格の強さが出はじめて、何かにつけて母さんと――これはお祖母《ばあ》ちゃんのこと――衝突するようになってた。それも単なる親子喧嘩《おやこげんか》というレベルではない、一種の確執のような……って難しいか」

確かに叔父の説明には難解なところもあったが、その意味は大凡《おおよそ》だが理解できた。だからこそ由羽希はショックを受けた。そのときの彼女くらいの年齢で、すでに自分の母親との間に、常に争い事があったと教えられたからだ。

「あれは血ぃだな。遠巳家の女系の濃過ぎる血が、早くからお母さんに強く出てしま

ったわけだ」

「お母さんとお祖母ちゃんは、ずっと仲が悪いの？」

由羽希の質問に、再び叔父は困った顔をすると、

「いや、そう単純な話ではなくてな。ある意味あの二人は、よく似てる。それ故に近親憎悪のような……って、これも難しい言葉だな」

それでも由羽希は、母と祖母の特殊な関係が、なんとなく呑み込めた気がした。と同時に遠巳家の親族関係の希薄さの原因も、そこにあるのではないかと感じた。なまじ母娘の間が濃厚だったからこそ、その反動で兄弟姉妹の間柄が淡泊になったのかもしれない。あまりの血の濃さに辟易《へきえき》するあまり、自然と距離を置くようになったのではないか。

とにかく二人の関係はぴりぴりしていたが、それなのに母が子供のころから続くある習慣があったという。

「寝る前になると、どんなに反目し合っていても、必ずお祖母ちゃんが鏡台の前で、お母さんの髪の毛を櫛で梳《と》かすんだ」

えっ……。

もう少しで声を上げるところだった。彼女も就寝前に、母親に髪の毛を梳かしてもらっている。物心ついたときには、すでにそうだった。もっとも祖母と違い、母はブ

ラシを使っている。

あれってお母さんが、お祖母ちゃんの真似をしてたの？

本来なら微笑《ほほえ》ましく受け取るところだが、そうは感じられない。母と祖母の歪《いびっ》な間柄を考えると、遠巳家の毎夜の習慣が何やら恐ろしげに思えてくる。それと同じことを自分もしているのだと知り、とたんに気味悪くなってしまった。

「うちでは由羽希ちゃんのお母さんとお祖母ちゃんの言動——つまり喋る内容やその行ないが、まず大事だった。全員が二人の顔色を窺《うかが》ってるところがあった」

そのせいで他の親族との間が、やっぱり縁遠くなったに違いない。改めて確信したところで、由羽希は尋ねた。

「お祖父《じい》ちゃんも？」

この問いかけに、はじめて叔父は笑った。

「あの人は、いつも上手に逃げてたからな」

そう聞いて彼女は、とっさに自分の父親を思い浮かべた。

由羽希の父は、仕事一筋の「会社人間」だった。よって家事にも育児にも、まったく口出しをしたことがない。母と由羽希が遠巳家に行くときも、まず付き合わない。それでも休日に、彼女を公園に連れて行ったり、自転車の乗り方を教えたりと、いかにも世の父親がやりそうなことを時折した。

ただ、それが由羽希には、まるで母から逃げているように映った。いや、正確には母と娘の間に入りたくないと、父が強く思っている気がして仕方なかった。

お母さんとお祖母ちゃんの妙な関係を知ってるから？

叔父の話を聞いて以来、由羽希はそんな風に疑っている。

では一方の母が、彼女に構い過ぎたかというと、まったく違った。母の娘に対する態度は昔から冷めていた。母が子供のときに祖母から受けた濃密な親子関係の反動が、自らの子育てに出たのではないかと思えるほどの、相当な淡泊さだった。

その癖、世間体は気にするところが母にはあって、幼いころの由羽希は随分と混乱させられた。家では放置されているのに、人目のある外では世話を焼く。いや、そういう振りをするのだ。

もっとも小学校も高学年になると、彼女を羨ましがる友達が出てきた。早熟な同級生の中には、そろそろ親の干渉を嫌う者がいたためだ。あまり親から構われない状況というのが、もう天国に映るらしい。由羽希にしてみれば、両親と一緒に出掛けられる友達たちの境遇のほうが、遥《はる》かに良いと羨望するばかりだったのに。

遠巳家の祖父は、少し父と似ていたかもしれない。ほとんどの家の生業が漁師という地域で、若いころから定年まで役場勤めだったらしい。残業などない職場にも拘らず、土地の歴史や伝承を纏《まと》めるために、毎日のように家に仕事を持ち帰っていたという。その学究的な取り組みは引退後も続いた。由羽希が「郷土史家」という言葉を知ったのは、祖父のような人物をそう呼ぶのだと、本人から聞かされたからだ。

母も祖母も、母の兄弟姉妹も、従姉妹と思《おぼ》しき少女も、由羽希は苦手だった。一緒にいても居心地《いごこち》の悪さしか覚えない。ただ、父と祖父は少しだけ違った。とはいえ本当に、ほんの少しだった。そこに叔父も、もしかすると入ったかもしれない。しかし、あれ以来ほとんど話す機会がないので、残念ながら分からない。

小学校の五年生になると、母から私立中学校を受験するように言われた。そのため六年生のときは、一度も祖父母の家を訪れていない。中学生になったら、また母と一緒に帰省するのだろうと思っていると、そのままなし崩し的に行かなくなった。残念かというとさすがに違うが、糸藻沢の地は気に入っていたので、やや複雑な心境だった。遺仏寺の住職やお婆さんや小坊主さん、それに黒猫先生に会えないのが、正直ちょっと淋《さび》しかった。

そこまで回想したところで、いつしか夕陽の残照が弱まっていることに、由羽希は気づいた。心なしか肌寒さも覚える。

急がないと、日が暮れてしまう。

それまでよりも速足で、彼女は砂浜を歩き出した。

小学校の三年生になったとき、由羽希は母のお古の自転車に乗って、はじめて糸藻沢の海沿いの道を走った。最初は内之沢から本位田、そして蛸壺まで行っただけだったが、すぐに寄浪と芋洗の集落まで足を伸ばすようになる。そこから九泊里へと辿り着くのに、大して時間はかからなかった。

ただし遺仏寺の存在を教えてくれたのは、祖父だった。一度だけ車に由羽希を乗せて、遺仏寺に連れて行ってくれたことがある。それ以来、彼女は独りで訪ねるようになった。

もっとも小学生である。いくら自転車に乗っており、また各集落の規模が小さかったとはいえ、それを五つも通り過ぎるのは大変だった。いつもへとへとになった。それでも遺仏寺行きを止めなかったのは、遠巳家に居た堪れなかったからだろう。

それにしても、ここはどの辺なの？

こうして徒歩で辿るのは、まったくはじめてである。そのため気がつくと、何処まで来たのか一向に分からなくなっていた。

役場や商店のある内之沢と違って、他の集落の家々は皆、漁業で生計を立てている。父親は天気さえ良ければ網漁に出ており、引退した祖父は漁具の手入れをして、祖母と母親は子供の面倒を見ながら、鰯《いわし》や鰺《あじ》などの焼き干しに精を出す。それが何処の家でも見られる光景だった。

かつて自転車で通ったときも、女たちが仕事をするための作業納屋が、いくつも目についた。その内部から力強い活気を感じたことも、由羽希はよく覚えている。

ところが、内之沢から結構な距離を歩いて来たはずなのに、一向に集落の人々の気配がしない。確かに途中で海辺へと出たが、誰にも出会わないのは変ではないか。浜辺で働く人もいるのに、人っ子ひとり見かけないのは、いくら何でも可怪《おか》しい。遅蒔きながらも由羽希は、その変事にようやく気づいた。

今日の仕事は、もう終わったのかな。

いささか無理にでも、そう考えようとした。だが、まだ日のあるうちに止めるなど、こういう田舎では不自然である。遺仏寺に行った帰りは、たいてい夕方になったが、まだまだ皆の働く姿が普通に見られた。仮に今日だけ早く仕事を終えたにしても、家の中にはいるはずである。それが無人の廃村かと見紛《みまが》うばかりに、こそりとも物音一つ聞こえない。しーんと静まり返っている。

まさか……。

ここで由羽希は、ふと嫌な想像をしてしまった。

昨年の晩夏のころ、この地方を大型の台風が襲ったというニュースを、彼女は耳にした覚えがある。記憶が不確かなのは、中学二年の夏休みから高校受験の勉強をはじめたため、できるだけ世間との関わりを断っていたせいだ。せっかく中高一貫の私立に入ったのに、さらにランクが上の私立高校を受験するようにと、母に言われた。さすがに反発心が芽生えたものの、最後は言い包《くる》められてしまった。

もし台風の上陸が事実なら――それが本当でも母が教えてくれたとは思えない――この辺りの集落は軒並み大きな被害に遭ったのではないか。そのせいで復旧するまで誰も住めなくなり、一時的に退去しているのかもしれない。

でも、それなら遠巳家も無事だったわけがないか。

すぐに当たり前の事実に思い至り、由羽希は困惑した。携帯電話でネットのニュースを検索しようとして、持っていないことに気づいた。家に忘れてきたらしい。

思わず戸惑ったが、それも長くは続かなかった。人気《ひとけ》のない浜辺を歩いているうちに、なんだか怖くなってきた。

こういうときに限って車中で祖父から聞いた、この地方に伝わる無気味な習俗を思い出した。あのとき車は九泊里の遺仏寺へ向かっていた。そのため集落で死者が出た際の葬送儀礼について、祖父は語る気になったのかもしれない。家では見せたことのない饒舌《じょうぜつ》さで、小学生の孫を相手に語っていた姿が、今でも彼女の脳裏にしっかりと残っている。

集落同士を繋ぐ道は舗装されていたが、かなり細いうえに曲がりくねっている。おまけに所によってはガードレールがない。祖父の恐ろしい話に震えるだけでなく、喋るのに熱中するあまりハンドル操作を誤るのではないか。そんな恐怖も同時に由羽希は覚えた。それほど祖父の語りは鬼気迫っていたとも言える。

否応《いやおう》なく聞かされた死の習俗の中で、もっとも由羽希が慄いたのが「砂歩き」である。集落で葬式が出た場合、その初七日が終わるまでは、夕間暮れに独りで出歩いてはならぬという。かつては四十九日の間だったが、それが初七日に落ち着いたのは、どうやら昭和初期らしい。

この禁忌を破って独りで外にいると、後ろから死んだ者が跟いてくる。または知らぬ間に前を歩かれている。そうして海へと誘導され、波間に引き摺《ず》り込まれてしまう。それが夕方に限られるのは、此岸《しがん》と彼岸が微妙に入り交じるのが、この時間帯だからである。

砂歩きという呼び名は、浜辺を独りで歩いているのに、自分の後ろに――または前に――点々と何者かの足跡が印されるせいだ。だったら海辺に出なければ良いのかというと、そうではない。舗装路や土道を歩いていても、した、した、した……、ぴた、ぴた、ぴた……という足音が聞こえる。前には誰もおらず、振り返っても同じである。それなのに自分に付き纏う何かの気配がする。慌てて逃げると、その足音に追われる。そして気づいたときには、海に面した道や岸壁の縁に立っている。

助かりたければ、そのとき身に着けている何かを――帽子でもハンカチでも腕時計でも――海に投げ込まなければならない。ただし本人にとって捨てても惜しくないものは、逆効果になる懼《おそ》れがある。できるだけ大切にしているものを手放さないと、死者の怒りを買ってしまうからだ。

そんな砂歩きの話を、由羽希はまざまざと思い出した。よりによって、こんなときにと後悔していると、信じられない光景が目に入った。

行く手の砂浜に、点々と印された足跡……。

とっさに悲鳴を上げかけたが、なんとか抑えることができた。

これは私の前に、集落の人がつけた跡よ。

普通に考えれば分かりそうなものだが、ちょうど砂歩きなどという迷信が頭にあったがために、つい恐ろしい想像をしてしまったらしい。

安堵《あんど》感と羞恥《しゅうち》心から苦笑いを浮かべかけて、彼女は固まった。

……ぼこっ。

点々と続く足跡の先で、新たな窪《くぼ》みが砂浜に現れた。

……ぼこっ、ぼこっ。

しかも連続して出現している。まるで目には見えない何者かが、由羽希の先を歩いているかのように。

形振《なりふ》り構わずに海辺から離れて、彼女が舗装路を目指して走り出そうとしたときである。

ぎゃぁぁぁぁっ。

獣のような叫び声が辺りに轟《とどろ》き、一瞬にして肝が冷えた。訳が分からない恐怖に囚《とら》われながらも素早く周囲を見回すが、誰もいない。

わっ、わわわわっわわわぁ。

それなのに低くて無気味な唸《うな》り声が、濁った血潮の如《ごと》き色に染まった浜辺に、なおも響き渡っている。

由羽希は無我夢中で駆け出した。そうして舗装された道まで戻ると、とにかく次の集落を目指して走った。何か考えがあったわけではない。とにかく逃げろと、自然に身体が反応しただけである。

しばらく進むと道の南側は切り立った岩壁になり、北側のすぐ下には海面が見えはじめた。道幅は小型の車がようやく擦れ違えるくらいなのに、やたら蛇行しており見通しが極めて悪い。岩壁側には対向車との離合用に待避所が設けられているが、明らかに数が少ない。そのため祖父の車に乗っていたとき、由羽希は気が気でなかった。話に熱中するあまり岩壁に突っ込むか、いきなり前方から現れた小型トラックと正面衝突するか、それを避けようとして海に落ちるか、いずれにせよ命の危険を覚えた。

あのときの恐怖に比べると、今はまだ増しかもしれない。とはいえ得体の知れぬものに付き纏われる感覚は、なんとも言い難い。差し迫った危機感はないものの、じわじわと厭《いや》なものが近づいて来ているような、そんな忌まわしい気分に苛《さいな》まれる。

水平線の彼方《かなた》に夕陽が沈みかけていた。まだ夜ではないが、かといって日中でもない。まさに逢魔《おうま》が時である。

砂歩きが現れる時間帯だ。

そう考えたとたん、先程のあれは砂歩きではなかったのか、と改めて気づいた。その直前に砂歩きの話を思い出していたにも拘らず、ぼこっ……と目の前で足跡が印される恐ろしい眺めに直面して、頭の中が真っ白になってしまったらしい。

第一それに……。

そんなものが本当にいるとは、とても思えない。どう考えても糸藻沢地方に伝わる俗信に過ぎないだろう。その証拠にかつては四十九日間だった禁忌の期間が、いつの間にか初七日にまで縮まっている。砂歩きの怪異が本物なら、それを厭《いと》うべき忌み日が、そう都合良く短縮されるわけがない。

由羽希は冷静に対処しようとした。小学生のときなら、今ごろは泣きながら祖父母の家へ駆け込んでいただろう。しかし、この春には高校生になる。もはや田舎の迷信に怯《おび》えるような年齢ではない。

もっとも元々は四十九日でも初七日でもなく、仮通夜と本通夜に重きが置かれていたらしい。なぜなら死んでから埋葬されるまでの間に出る砂歩きは、しばしば遺体に戻ることがあり、場合によっては仏が蘇生したからだという。よってこの間の砂歩きは、むしろ喜ばれた。死者の甦《よみがえ》りに通じるからだ。しかし、もちろん埋葬後は違った。そうなると生者を引っ張る死霊と化すからである。

でも……。

あれが仮に砂歩きだったとしたら、その正体は祖母になるのではないか。しかも完全に死霊と化した砂歩きである。

数日前に祖母が死んだ。詳しいことは分からないが、死因は老衰らしい。自宅の蒲《ふ》団《とん》の中で息を引き取ったという。

その知らせを母から事務的に聞かされ、あっと由羽希は声を上げそうになった。そう言えば祖母が亡くなる二日ほど前、珍しく祖父から電話があった。母に取り次ぐと少し話しただけで、すぐに切ってしまった。あの電話は祖母の危篤を告げるものではなかったのだろうか。その知らせを母は無視したのではないか。

通夜と葬儀には母が独りで出た。いくら何でも父も出席すべきだろうと由羽希は思ったが、両親の——というよりも母の——考えは違った。自分だけで良いと言う。世間体を気にするくせに、それが遠巳家のことになると、とたんに例外となる。むしろ世間から嗤《わら》われるような態度を取ろうとするのが常だった。事が実の母親の弔いであっても——いや、だからこそ母は、自分独りで行ったのだろう。

だったら母さんはなぜ、少なくとも年に一度は実家に帰っていたのか。帰省のたびに私を連れて行ったのは、どうしてなのか。

そうしながらも母は、祖父母と仲良くするように、と言ったことなど一度もない。実の両親に対しても、孫を可愛がってくれとは、絶対に頼んでいないと思う。それなのに毎年、必ず由羽希と一緒に帰省した。まるで判で押したかのように、あたかも何かの儀式であるかのように。

あれも一種の世間体だったのかな。

娘を連れて里帰りをするという行為が、母には必要だったのかもしれない。だからこそ帰省したあとは、どうでも良かった。遠巳家で顔を合わせる親族たちにも、まったく関心がなかったのではないか。

いずれにしても由羽希にとって、祖母は親しみの持てない存在だった。遠巳家の親族全員がそうとも言えたが、その中でも祖母は突出していた気がする。

こちらを見る眼差し。

ふと視線を覚えて振り返ると、座敷の襖《ふすま》越しに祖母が、凝っと由羽希を見詰めている。そんなことが、たまにあった。妙な生き物でも眺めるような、他では見たこともない異様な目つきである。その眼差しを向けられると、決まって由羽希は尿意を覚えた。そこで厠《かわや》に入るのだが、ちょろっとも出ない。そういう経験が何度もあった。だからといって厠に行かないと、すぐにも漏れそうになる。でも、行くと少しも出ない。

由羽希にとって祖母の凝視は、まさに邪眼だった。

そんな祖母の眼差しに射竦《いすく》められ、その場で由羽希が固まっているところへ、祖父が通りかかったことが一度あった。

「遠巳家の本家は、関西のある地方の由緒ある旧家なんや」

立ち竦む彼女を目にして、あのとき祖父は唐突に妙な台詞を吐いた。あの言葉には、いったい如何《いか》なる意味があったのか。

由羽希は小学校の五年生になったとき、遠巳家の跡を継がなかった母の代わりを孫に求めているのではないか、と大いに祖母を疑った。あの忌まわしい視線は、一種の値踏みなのかもしれない。

自分が遠巳家の跡継ぎになる。

この想像は彼女を心底ぞっとさせたが、その一方で微《かす》かな陶酔感を齎《もたら》しもした。あんな家の女主人に納まると考えただけで、背中を無数の虫に這《は》われるような嫌悪感を覚えた。だが同時に、何の変化もない退屈な日常から逃れる機会ではないか、とも感じた。零落《おちぶ》れたとはいえ、元は地方の旧家なのだ。その威厳は今もなお保たれている。それに彼女が魅力を感じなかったと言えば嘘になる。

しかし結局、祖母は薄気味の悪い眼差しを向けただけで、それ以上の接触を孫に求めぬまま逝ってしまった。

いずれにしろ祖母との間には、良い思い出など一つもない。その証拠に死を知らされても、特に哀惜の念には駆られなかった。これでもう見詰められることはないのだと、逆に安堵したくらいである。

だから葬儀に出る必要がないと分かり、正直ほっとした。祖母との関係は別にして、ちょっと冷酷かなと自分でも感じたが、これればかりは仕方がない。孫が駆けつけなかったからといって、亡き祖母も別に淋しがりはしないだろう。

ただ、まったく思いもよらぬ事態となり、こんなことなら同行すべきだったと、由羽希は後悔する羽目になるのだが……。

えっ？

ここで彼女の思考が止まった。

どうして後悔したの？

それは間違いなさそうなのに、肝心の理由が分からない。そもそも何があったのか、まったく覚えていないのだ。

お祖母ちゃんが亡くなって……。

そのお葬式にお母さんが行って……。

それから何が起こったのか、それに自分はどう関わったのか、なぜ今こうして歩いているのか、すべてが謎だった。

いや、はっきりしていることもある。遺仏寺を目指しているのは、助けを求めるためである。父には頼れない。祖父や他の親族たちは論外だ。どうしてかは不明だが、恐らく間違いない。ただ急に、そこに遺仏寺が出てくるのは不自然ではないか。

由羽希は首を傾げたが、すぐに合点がいった。

祖母の葬儀に母が出たことで、どうやら何かが起きたらしい。だとしたら葬式を取り仕切ったに違いない遺仏寺の住職に、彼女が縋《すが》るのは自然ではないか。

祖父と他の親族たちが論外なのも、こうなると良く分かる。何か異変があったらしい問題の葬儀に、彼らも出ているからだ。そこで変な影響を受けていたら、どうするのか。田舎のことだから全員が、きっとまだ祖父母の家にいるだろう。そんな所へのこのこと顔を出すわけにはいかない。

思い起こせば遠巳の屋敷ほど、薄気味の悪い家もなかった。日中でも薄暗い廊下、閉め切られた複数の座敷、常に線香の匂いが漂う仏間、母屋の端にある遠い厠、ぬめっとした感触の木の浴槽、いつも独りで寝かされる広い客間、誰もいないはずの隣室や廊下の先に覚える何かの気配、時折ふいに聞こえる得体の知れぬ物音……といった遠巳家のすべてが、小学生の由羽希を怯えさせた。しかも、そこに祖母の忌まわしい視線が加わるのだ。いつまで経っても彼女が同家に慣れなかったのは、母と祖母の間に横たわる悍《おぞ》ましい愛憎のせいだけでは決してないのかもしれない。

あの遠巳家で、あの祖母の葬送儀礼が執り行なわれたのだと想像しただけで、由羽希はお腹の中にひんやりとした冷たいものを感じた。やっぱり行かなくて良かったと、本当に心の底から思えた。

そういう意味では今、糸藻沢地方に近づくことも、できれば避けたかった。だが、由羽希には珍しいほどの行動力を発揮して、彼女はこの地まで来た。とにかく助けを求めたい一心で……。

祖父の車で遺仏寺を訪れたとき、小高い岬の天辺まで上がって海を見たあと、案内も乞わずに庫裡へ上がり込んだので、由羽希はびっくりした。

「ここには郷土史研究のための貴重な資料が一杯ある」

そう言いながら祖父は、勝手に過去帳などを持ち出した。つまり住職とは、それほど親しい間柄だったわけだ。

結局このとき彼女は、住職をはじめ遺仏寺の人たちとは誰とも会わなかった。知り合うようになったのは、自転車に乗って独りで行くようになってからである。

それにしても遠いなぁ。

高く聳える岩壁と何処までも広がる海原に挟まれた舗装路を辿りながら、由羽希は見通せぬ前方に目をやり、つい溜息を吐いた。

　西の内之沢から東の九泊里までは、車でも結構かかる。自転車なら尚更《なおさら》で、それが徒歩となると何時間かかるのか。ちょっと考えただけで気が遠くなりそうだった。

　糸藻沢の海岸線の最東端の九泊里は、元々「苦止まり」だったと言い伝えられている。舗装された道などない昔、岩壁に穿《うが》たれた細い通路を辿る苦労がそこで終わるため、そんな呼び方をしたらしい。「苦」の文字がなくなったのは、やはり負の要素が強いからだろう。それが「九」になったのは、一桁《けた》の最後の数字だからだと、由羽希は祖父から聞いている。また日帰りが無理なため、「止まり」を「泊まらなければならぬ里」という意味で、「泊里」としたのだという。

　かつては難所が続いた海岸線の土道も、戦後は舗装されたお蔭で、集落から集落へ車で行き来できるようになった。そこを由羽希は徒歩で進んでいるため、時間がかかるのは仕方がない。だが、それにしても遠過ぎないだろうか。このままでは寺に着く前に、日が暮れてしまう。

　由羽希は焦りながら、いくつ目になるのか分からない急なカーブを曲がった。すると眼前に突然、ぱっと小さな集落が姿を現した。

　あれは……。

　急いで残りの道を走って行くと、集落に入る手前で道祖神に迎えられた。よくよく眺めると側面の下部に、辛うじて「芋洗」と彫られた文字が見える。

なんだ。ここまで来てたのか。

思わず由羽希は安心したが、それも集落に入り込むまでだった。家々の間の道を進むに従い、少しずつ彼女の心が翳り出した。

誰も歩いてないなんて……。

ここまで通り過ぎて来た他の集落と同様、やはり人の姿が見えない。かといって全員が家に入っているわけでもなさそうである。そもそも何処の家屋からも、人の気配が感じられない。この時間帯なら、もう夕食の準備にかかるころだろう。それなのに物音一つ聞こえない。もう怖いくらい、しーんと静まり返っている。

何があったの？

たった今まで由羽希の頭を占めていたのは、祖母の葬儀で何が起きたのかという問題だった。そこから連想して遠巳家の祖父や親族たちも、その影響を受けているのではないかと疑った。だが、もしかすると事は同家だけに限らないのかもしれない。あの家から内之沢に広がり、そこから本位田、次に蛸壺、さらに寄浪、そして芋洗へと伝わって行ったのではないだろうか。

でも、いったい何が……。

自然と集落の真ん中で立ち止まり、由羽希が途方に暮れかけたときである。

……ひた、ひた。

後ろのほうから何か聞こえた。とっさに振り返ると、

……ひた、ひた、ひた、ひた。

その何かが近づいて来る気配がした。しかしながら彼女が辿って来た道には、まったく何も見えない。人っ子ひとりいない淋しい眺めが、集落の入口に祀《まつ》られた道祖神まで、ずっと延びているだけである。

……ひた、ひた、ひた。

なおも近づく得体の知れぬ物音に、由羽希は素早く後退りした。本当は前を向いて駆け出したかったが、それに背中を見せるのが怖い。だから後退りのまま、その場を離れようと考えたのだが、

ぎえぇぇぇぇぇぇぇっ。

今度は真後ろで突然、絶叫が響いた。まるで怪鳥が鳴いているような声に、たちまち背筋が凍ると共に、耳が痛くなった。

急いで振り向いたが、やっぱり何もいない。九泊里へと続く道が見えるだけで、人の気配さえ一切ない。

……いや、そうじゃないかも。

辺りには確かに誰もいないのに、空気の揺らぎの如きものを、ふいに由羽希は感じ

た気がした。まるで見えない何かに、ふっと耳元で息を吹きかけられたような、そんな悍ましさである。

ぞわぞわぞわっ……と首筋に鳥肌が立って、次の瞬間、ぶるっと全身に震えが走った。物凄く不味《まず》い状況にいることが、厭でも分かる。

逃げなきゃ。

由羽希は駆け出そうとした。そのとたん周りの家々から一斉に、どっと何かが出て来るような恐怖を覚えた。

……ひた、ひた、ぱた、ぱた、した、した、たっ、たっ。

多くのそれが彼女に向かって来る。たちまち迫って来て取り囲み、それから一気に呑み込んでしまう。

そんな風に、ぞっとするイメージが、ぱっと脳裏に浮かぶ。

由羽希は駆け出した。もちろん九泊里を目指して、まずは芋洗の集落を走り抜けるつもりで、とにかく全速で走った。

わあぁぁぁぁぁぁっ。

怒号とも、歓声とも、奇声ともつかぬ異様な反響が、辺りに木霊《こだま》した。それを振り切るように、一心に由羽希は駆けた。必死に走った。そうして集落の境まで辿り着いたところで、さっと後ろを振り返った。

わら、わら、わら。

家屋の前や道端のあちこちで、薄い影が揺れている。それは人影の如く映ったが、肝心の人間がおらずに、影だけが立ち上がっているような眺めだった。

わら、わら、わら、わら、わら、わら。

どんどん増えていく影を見詰めながら、がくがくと由羽希の両脚が震え出した。まともに走れそうにもないほど、その震えは激しかった。このまま立ち尽くしていれば、ふにゃっと頽《くずお》れてしまうかもしれない。

だが、そうなると間違いなく影に捕まるだろう。

……い、厭だ。

そう思った瞬間、自然に両脚が動いた。覚束《おぼつか》ない足取りだったが、由羽希は必死に逃げ出した。

芋洗の集落を過ぎると、異様な叫び声も無気味な気配も禍々《まがまが》しい影も、急に鳴りを潜めた。あとはお馴染みの舗装路が延びているだけである。

あれは、いったい……。

何だったのかと考えるだけでも恐ろしいが、訳の分からないまま放っておくのは、もっと怖い。

砂歩きなのか。

しかし、そうだとすると死者の出た家が、遠巳の屋敷だけではなかったことになる。ただ他に仏がいたにしても、あまりにも数が多過ぎる。まるで集落一つが死に絶えたようではないか。

えっ……。

自らの想像に、由羽希は愕然とした。

仏の初七日が済むまでに現れるのが、砂歩きである。つまり葬儀を執り行なっているにも拘らず、それは祟ると考えられてきた。だとしたら大型の台風に見舞われ、犠牲者の多くが海に攫《さら》われて行方不明となり、満足に遺体の回収もできぬまま、取り急ぎ合同の葬儀を行なったような場合は、果たしてどうなるのか。

昨年の夏、糸藻沢地方は大型台風の被害を、やはり受けたのではないか。わらわらと現れた芋洗の影の群れは、集落の人々が化した砂歩きで、ああして彷徨《さまよ》い続けているのではないだろうか。

それまで覚えていた恐ろしさに突如、痛ましさが加わった。ぎゅっと胸が締めつけられる思いがした。かといって胃を摑《つか》まれるような、ぎりぎりとした恐怖心が消えることはなかった。さらなるダメージを心身ともに負った状態で、残りの道程を彼女は歩き続けた。

やがて九泊里の集落が見えてきた。その境に祀られた道祖神に辿り着く前に、由羽希は立ち止まって休んだ。そこで充分に休憩してから、あとは一気に駆け抜けるつもりだった。集落を通過するまでは走り続けること。そう自身に言い聞かせた。

　ところが、いざ実行しようとして、急に尻込みを覚えた。九泊里を通る道の長さ、走って通過するのにかかる時間、待ち受ける影の脅威……と不明なことだらけである。彼女自身の体力と気力が何処まで保つのかも、もちろん分からない。でも、いったん走り出してしまえば、もう止めることはできない。無事に集落を抜けられるか、途中で力尽きて倒れるか、どちらかだろう。それが容易に想像できるだけに、どうしても脚が竦む。

　そんな由羽希の背中を押したのは、海原を赤銅色に染めている夕陽だった。このまま愚図愚図していると、すぐに日が暮れてしまう。そうなると暗闇の中を走る羽目になる。夜の帳《とばり》が降りたからといって、九泊里に明かりが点るとは限らない。むしろ真っ暗かもしれない。つまり今よりも危険な状態になるわけだ。だから夕陽が完全に沈む前に、集落を通り抜ける必要がある。

「よし」

　わざと声を出して自らに気合いを入れると、由羽希は駆け出した。最初から全速力で走ると体力が保たないので、あえて抑えるようにする。だが、集落に入って無人の往来を目にすると、なんとも言えぬ不安感に囚われた。誰もいない、何も見えない、という状態は好ましいはずなのに、なぜか段々と怖くなってくる。今にも何処かの家から、わらわらと影たちが現れるような予感を覚えるからか。しかし、こうやって走り続けても、一向に変化は見られない。がらんとした空虚な集落の眺めが、いつまでも流れるだけだ。

それなのに脚は速まるばかりだった。何かに追いかけられているわけでもないのに、どんどん速度が増していく。これでは保たない。そのうち疲れてしまう。頭では理解しながら、どうしても両脚は言うことを聞かない。それでも止められないのは、速く走れば走るほど、実は恐怖心が薄らいでいくからだった。

そのうち由羽希は爽快感さえ覚え出した。このまま何の苦もなく九泊里を通り抜けられそうだと、かなり楽観した気分にもなれた。だが、そんな高揚感に捉《とら》えられたのも少しの間だけだった。しばらくすると彼女の両脚が鈍りはじめ、見る見る速度が落ち出した。走る速さが遅くなるに従い、完全に払拭《ふっしょく》されていた恐怖心が少しずつ戻ってくる。こんな恐ろしい場所は一刻も早く通り過ぎたいと思うのに、もはや両脚が満足に動かない。辛うじて前へ出ているだけである。そんな蝸牛《かたつむり》の如き前進も、ついに止まるときがきた。もう一歩たりとも進むことができずに、往来の真ん中で彼女は蹲《しゃが》んでしまった。

……ざわっ。

とても微かな気配を感じて、由羽希は周囲を見回した。ぜいぜいと両肩で息を吐き、とにかく苦しかったが、急いで辺りを確認した。

……誰もおらず、何も見えない。

ただ漁村の家並みが映るだけである。それなのに得体の知れぬものが、こっそりと近づいて来るような気がする。それも一つ、二つ、三つ……と増えていくようで、すぐに居ても立っても居られなくなってきた。

よろよろとした足取りでその場を離れると、取り敢えず目についた集落と海辺の間に作られた作業納屋に、由羽希は逃げ込むことにした。もう砂浜へは出たくなかったが、他に身を潜める場所が見当たらない。

作業納屋の中には、ぷーんと魚の臭いが籠っていた。集落に入る前から磯の香はしていたが、ここまでの強烈さはない。漁村の作業納屋なのだから当たり前なのに、この刺激的な臭いそのものが罠《わな》のように思えて、とたんに彼女は後悔した。つい焦るあまり、決して入ってはならぬ所へ飛び込んでしまったのではないか。

慌てて出ようとしたが、すでに戸口の向こうには妙な気配が集まりはじめている。

ふと窓に目をやると、ぼうっとした顔のような影が、いくつも納屋の中を覗き込んでいるように見えた。

がたがたっ。

引き戸が鳴って、今にも開きそうになった。幸いにも建てつけの悪さが、それの侵入を防いでいる。とはいえ数秒の猶予だろう。

由羽希は半ば泣き顔で室内を見回した。すると奥の壁に立てかけられた簀子《すのこ》の陰に、とても小さな扉を見つけた。大きさから考えても人間用ではなく、何かの搬入口に違いない。しかし、そこしか逃げ道はなさそうだった。

がらがらがらっ。

背後で引き戸の開く物音がした。由羽希は小さな扉に飛びつくと、そこを必死に潜り抜けて、どうにか這って砂浜へと出た。あとは立ち上がると同時に、脱兎《だっと》の如く走った。すぐに両脚が痛くなり、胸が焼けつくように苦しくなったが、歯を食い縛って駆け続ける。集落の外れまで来ても止まらずに、ひたすら走った。心臓が口から飛び出すかというくらい、とにかく駆けた。

そして気がつくと九泊里の集落を離れて、前方に松林が広がる地点まで来ていた。そこから遺仏寺までは、あと少しだった。

＊

「ここへ来て正解やったな」

由羽希の話が終わると、まず天空がそう言ったので、彼女は心の底からほっとできた。とはいえ喜んでいられたのは、ほんの数秒だった。

「しかしな、今すぐ助けるわけにはいかん」

「ど、どうしてですか」

驚きと不安のあまり由羽希が膝を乗り出すと、憎らしいほどのほほんとした表情で天空が答えた。

「ちょっと調べる必要があるからな」

「何をです？」

気負い込んで尋ねたものの、

「そりゃ内緒や」

まるで子供が口にするような、そんな返しをされた。

「お祖母ちゃんの葬式で、何かあったんですか」

「いいや、別に何もなかった」

隠しているのかと疑ったが、どうやら本当のことを言っているらしい。

「それじゃ、どうして私がここに来たのか、天空さんにも分からないんですか」

「今のところ、まだ完全には見当をつけられん」

「そんな……」

「せやからこそ、調査する時間がいるわけや」

「どれくらいかかるんですか」

恐る恐る由羽希が尋ねると、

「四、五日から一週間ってとこか」

予想もしていなかった日数を聞かされ、かなり彼女は焦った。

「けど、学校が……」

「まだ春休みやろ」

「ですけど、高校に行くための準備が……」

「そういう問題よりも、こっちのほうが遥かに重要やろ」

「まさか、ここに泊まり込むんですか」

相手が僧職とはいえ、さすがに身の危険を感じていると、ある意味それ以上の試練を天空は口にした。

「その間は、遠巳家から通えばええ」

「む、無理です」

「それから寺へ来るんは、今日と同じ時間帯にしてくれ」

つまり毎日、砂歩きの脅威に曝《さら》されつつ内之沢から遺仏寺までの長い道程を、由羽希に通えというのだ。

「絶対に無理です」

由羽希は強く拒絶した。

「私の話を聞いてなかったんですか。そんなことしたら、そのうち砂歩きに捕まってしまいます」

すると天空が急に真面目《まじめ》な顔で、

「何事にもな、代償いうもんがいるんや」

「えっ？」

「ただより高いもんはないて、よう言うやろ」

「……御祓い料がいるんですか」

高い金額を吹っかけられたらどうしようと、由羽希は心配したが、

「金やない」

あっさりと否定された。

「だったら何を……」

「その間は助手として、ここで働いてもらうかな」

「はっ？」

意味が分からずに、きょとんとしていると、信じられない台詞が返ってきた。

「これらの忌物は、先方が持ち込んだり、送ってくる場合が多い。けど、それだけで

は忌物蒐集にならんのや。これはと思う忌物の噂を聞きつけ、こっちから受け取りに行くこともせんといかん」

「買い取りですか」

「なんで俺が金を払うんや」

天空に呆れた顔をされたので、彼女は慌てて、

「な、なんかアンティークショップで、アルバイトするみたいですけど……」

「あぁ、そう思うてくれて構わん。もっとも古道具屋では頼まんことを、こっちではお願いするけどな」

「何でしょう？」

厭な予感を覚えながら訊くと、とんでもない答えが返ってきた。

「忌物蒐集いうんは、それに纏わる怪異譚《たん》も、同時に集めることになる。いや、そもそものはじまりが、怪談蒐集にあったんやから、こっちが本来の目的やな。で、そうやって集めた話を、せっせと俺はパソコンに打ち込んどる。いずれ根岸鎮衛《ねぎしやすもり》の『耳《みみ》嚢《ぶくろ》』か、岡本綺堂《おかもときどう》の『青蛙堂鬼談《せいあどうきだん》』のように、それを発表できればと思うてな」

何の話か由羽希にはさっぱり分からなかったが、あえて無視した。今はそれどころではない。

「えーっと、つまり私は……」

「ここで忌物に纏わる怪異を、俺が話して聞かせるから、お前はよーく耳を傾けて、それを文章に起こして欲しい」

「で、できません。だって私、国語の成績が……」

「心配せんでもええ。頼むのは、あくまでも文字起こしや。それを文章に纏めるのは、あとで俺がやる」

「でも……」

「文字起こし以外にも、実は重要な役目がある」

「何ですか」

「聞き役や。俺は怪談を聞くのが好きと同じくらい、誰かに話すのも好きなんや。そうやって語るうちに、怪談としてお話が纏まってく効用もあるからな」

「えっ……待って下さい。そんな、厭ですよ」

しかし由羽希がいくら難色を示しても、まったく天空は聞き入れなかった。この条件が呑めないのなら、ここには二度と来るなと言われる始末だった。

彼女の奇っ怪な遺仏寺通いが、こうしてはじまることになった。

第二夜

後《うし》ろ立《だ》ち

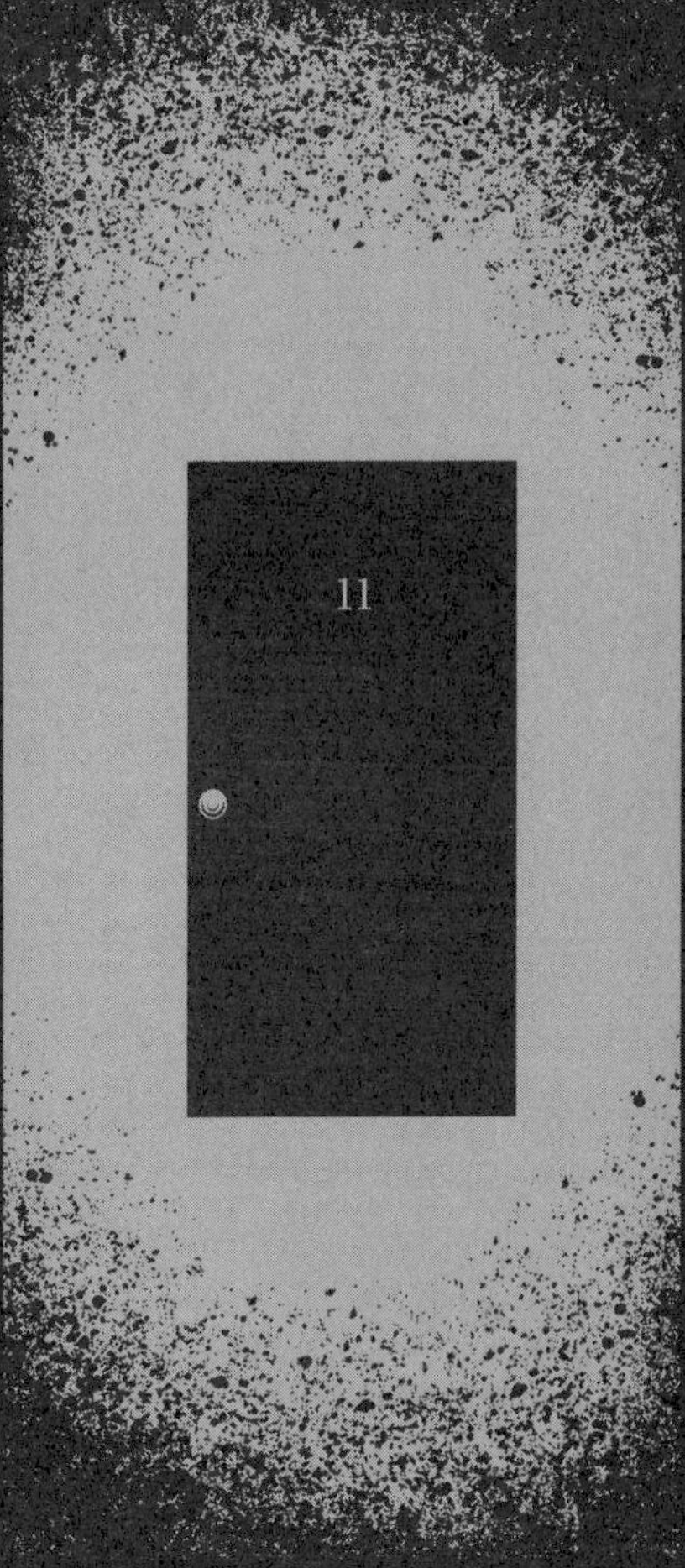

しまう。

後ろが怖い……。

無人としか思えない海沿いの集落を通り抜けるたびに、由羽希《ゆうき》は背後を振り返って

しまう。

……何もいない。

その都度そう確認して、ほっと胸を撫《な》で下ろす。だが、それも長くは続かない。すぐに後ろが気になる。なぜなら感じるからだ。

何かが跟《つ》いてきてる。

とっさに振り向くが、誰もいない。まったく人気《ひとけ》のない小さな漁村の佇《たたず》まいが、鬱々《うつうつ》とした曇天の空を背景に、恐ろしいほど静かに延びているだけである。

気のせいかも。

そんな風に何度も自分に言い聞かせる。だが、それが誤魔化《ごまか》しだと知っているため、何の慰めにもならない。むしろ恐怖心が増すだけである。気のせいでなければ、砂歩《すなある》きしか考えられないからだ。

そこで由羽希は決まって走り出す。今いる集落の村外れまで、とにかく全力疾走す

る。どちらかと言えば運動が嫌いな彼女にとって、これは結構きつい。最初は「逃げなきゃ」という恐れから無我夢中で走れるが、そのうち両脚が怠《だる》くなってきて、がくんと速度が落ちる。一度そうなると、もういけない。酔っ払いのような、ふらふら歩きになるまで、あまり時間はかからない。それでも歯を食い縛って、なんとか進む。集落から出たい一心で、必死に村境を目指す。

やがて道祖神《どうそじん》が見えてくる。一抹の希望を覚える唯一の瞬間かもしれない。少しだけ気力が増して、その分だけ足が速まる。とはいえ道祖神まで辿《たど》り着くのが、やっとだった。その前に差しかかったところで、両手を両膝《りょうひざ》について頭を垂れた格好《かっこう》で、はぁはぁと苦しい息を吐《つ》く羽目になる。

……助かった。

ところが、安堵《あんど》できたのも束《つか》の間《ま》だった。

目の前に何かが立ってる……。

そんな戦慄《せんりつ》に、たちまち包まれる。由羽希の視界には、まったく何も見えていない。土が剝《む》き出しになった地面が映っているに過ぎない。にも拘《かかわ》らず自分の前に、それがいると感じられた。砂歩きに違いないが、本当のところは分からない。

ぎえぇぇぇぇつっ。

すぐに雄叫びとも悲鳴ともつかぬ物凄《ものすご》い叫び声が、その場に木霊《こだま》する。それが合図であったかのように、再び由羽希は走り出す。

気がつくと彼女は、高く聳《そび》え立つ峻険《しゅんけん》な岩壁と荒れた波に洗われる海岸線の岩場に挟まれた、道幅の狭い舗装路に入っている。海岸沿いに点在する集落と集落を結ぶ、それは連絡道路だった。言わば安全地帯にいると知り、ようやく立ち止まる。しばらく休んでから、ゆっくり歩き出す。左手から吹きつけてくる海風に身を曝《さら》し、右手の伸《の》しかかるような岩壁に圧迫感を覚えながら、くねくねと蛇行する道を先へと進む。すると次の集落が、やがて前方に見えてくる。

祖父母の遠巳《とおみ》家がある内之沢《うちのさわ》から岬の突端に建つ遺仏寺《いぶつじ》へ行くには、本位田《ほんいでん》、蛸壺《たこつぼ》、寄浪《きなみ》、芋洗《いもあらい》、九泊里《くどまり》という五つの集落を通らなければならない。つまり由羽希は、少なくとも五回は全力で走る必要があった。それなのに先ほど自分がどの集落を抜けてきたのか、もう分からなくなっている。

……ここって、なんか変だ。

五つの漁村のいずれもが、まるで異界と化したかのような気がして仕方がない。いや、そこには内之沢も含まれるのかもしれない。六つの集落が点在する糸藻沢《しもさわ》地方そのものが、可怪《おか》しくなっているのではないか。

そんな風に考え、ぞっとする。と同時に遺仏寺までの遠い道程を思い、絶望的な気持ちになる。だが、その感情はすぐに、天山天空《てんざんてんくう》に対する怒りに変わる。

これから毎日、日の暮れるころに、遺仏寺まで通うこと。

なぜか人気のない無気味な五つの漁村を通り、砂歩きが出るという夕間暮《ゆうまぐ》れに、かなりの距離を辿って寺まで行く。そう決めたのは天空である。

あのくそ坊主！

思わず心の中で悪態を吐く。しかし、そんな怒りも次の集落の前まで来ると、たちまち萎《しぼ》んでしまう。そこで芽生えるのは、後ろが怖い……という戦慄である。もっとも背後だけに注意を向けていると、とんでもない目に遭う。あれは突然、行く手にも現れるからだ。とはいえ何も見えない。悍《おぞ》ましい気配があるばかりで……。

ただならぬ恐怖に何度も囚《とら》われながら、なんとか九泊里を通り過ぎたとき、もう由羽希は心身共にへとへとだった。だが、さらなる試練が彼女を待っている。

松林に囲まれた荒れた舗装路を辿ると、その先に遺仏寺へと続く石段が現れるのだが、これが曲者《くせもの》だった。傾斜が急なうえ、所々で崩れかけ、おまけに苔《こけ》まで生えている。そんな石段が、なんと百段あまりもあるのだ。ここまでの体力の消耗を考えると、これは相当にきつい。それでも砂歩きの脅威がないだけ増しとも言える。そうとでも考えなければ、とても上れたものではない。

この最後の難関を乗り越えて山門を潜《くぐ》ったとたん、ようやく由羽希は心の底から安心できた。もう身体《からだ》を酷使しなくても良いと思うと、全身から力が抜けるような心地《ここち》好《よ》さである。もっとも彼女の安堵感は、かなり早く不安感に取って代わられる。あまりにも荒れ果てた境内の眺めが、嫌でも目に入るせいだ。

こんな寺で大丈夫かな。

その懸念はもちろん、そっくり天空へと向けられる。せっかく覚えた希望が、見る間に消えていく。苦労して辿り着いたのに、もう回れ右をして帰りたくなる。

にゃ。

そこへ絶妙のタイミングで参道横の藪《やぶ》の中から、一匹の猫が顔を出した。

「黒猫先生、また来たよ」

とたんに由羽希の気分が良くなる。彼女の両脚に身体を擦りつけながら、くるっと一周する彼を眺めているだけで、もう嬉《うれ》しくて堪《たま》らない。挨拶《あいさつ》が終わったあと、ちょこんと前脚を揃《そろ》えて座った黒猫の前に蹲《しゃが》むと、由羽希は優しく頭を撫ではじめた。

ところが、あっという間に彼女を不機嫌にさせる声が、本堂の少しだけ開かれた扉の中から飛んできた。

「そこにおるんは、遠巳家の由羽希か」

声の主は、言うまでもなく天山天空である。

「……は、はい！」

こんな荒れ寺を訪れる物好きなど、自分の他にいないだろうと思ったものの、彼女は素直に返事をした。

「ほんなら猫と遊んどらんで、さっさと入れ」

それなのに叱咤《しった》され、ぷうっと由羽希は膨れた。とはいえ天空に助けを求めている立場上、あまり文句は言えない。

「すぐ行きます」

慌てて返事をしてから参道を辿り、本堂正面の階段を上がって靴を脱ぎ、廊下の先にある少し開いた扉に手をかけると、するっと堂内に入った。

そのとたん、由羽希は暗闇《くらやみ》に包まれた。陰気な曇り空の下で、薄暗い夕間暮れを歩いてきた——ほとんど走っていたわけだが——彼女から見ても、本堂の中は異様に暗かった。祭壇の両脇《りょうわき》に立つ燭台《しょくだい》の蠟燭《ろうそく》しか、堂内には明かりがない。

「どうして天井《てんじょう》の——」

電気を点《とも》さないのか訊《き》こうとしたが、

「あの猫は扉を開けて出て行くくせに、それを閉めんのやから困る。お前から言うて聞かせてくれ」

いきなり天空から妙な頼み事をされた。ちなみに彼は祭壇の前で胡坐《あぐら》を掻《か》き、古びてはいるが高価そうな壁掛け鏡を繁々《しげしげ》と観察している最中らしい。

「わ、私がですか」

「あの猫とは、仲がええのやろ」

「ええまぁ。けど……」

そう言いながら近づこうとして、がちゃん、かららん……と右足で何かを蹴飛《けと》ばし

てしまった。

「こら、気ぃつけろ」

「す、すみません」

床の上に目を落とすと、どうやら香炉らしきものを蹴り、それがカウベルと思しき代物に当たったようだ。

「ええか、ここにあるんは——」

「はい、曰《いわ》くのある忌物《いぶつ》ですよね」

天空に怒られる前にと、理解していることを示して頭を下げた。

「分かっとるんやったら、ちゃんと床を見て歩け」

「……はい」

とはいうものの堂内は、ほぼ問題の忌物で埋めつくされている。本当に足の踏み場もない状態だった。空いているのは天空が座る空間だけという有り様である。

「立っとらんで、まぁ座れ」

しかしながら天空はまったく気にした様子もなく、そう言いながら当然のように彼

の目の前を指差している。

「そこ……ですか」

由羽希が躊躇《ためら》うのも無理はなかった。天空の前には、罅《ひび》割れた硝子《ガラス》のケースに入った日本人形、片袖《かたそで》が破れた青いワンピース、両目のない熊《くま》のぬいぐるみ、黒いクレヨンで無数の罰点《ばってん》が描かれたブランド物のバッグといった、一目で曰く因縁《いんねん》があると丸分かりの品物ばかりが犇《ひし》めいていたからだ。

そんな彼女の危惧《きぐ》を、あっさり天空は察したらしく、

「別に心配せんでええ。ここにあるもんが堂内で、最も恐ろしい忌物の集まりいうわけやないからな」

「そうなんですか」

どうも信用できない気がしたが、端正な天空の顔を見ていると、この人が嘘《うそ》を吐くはずないと思えてくるから不思議である。

「ああ、大丈夫や」

だが一言でも声を発すると、とたんに胡散《うさん》臭くなるのも事実だった。彼が口にする関西弁が、どうにも怪しく聞こえるからだろうか。

「適当に片づけて、早《はよ》う座れ」

なおも由羽希が愚図愚図していると、天空が痺《しび》れを切らした。仕方なく彼女が片づ

けの真似事をして、彼の前に腰を下ろすや否や、

「で、ここまでの道中は、どんな感じやった？」

由羽希が一息つく間もなく、いきなり問いかけてきた。

「どんなもこんなも、とにかく大変でした」

「具体的に話してくれ」

乞《こ》われるままに彼女は語ったが、喋《しゃべ》っているうちに段々と腹が立ってきた。

「要は最初のときと――昨日ですよね――同じ目に遭ったわけです。そうなること
は前以《まえもっ》て、充分に予想できたんじゃないんですか」

しかし天空は少しも堪《こた》えた風もなく、

「ほんまに何も見んかったんか」

「……ええ、気配だけです。でも、絶対に何かいました」

「後ろに得体の知れん気配を覚えたときは、そこが満員電車の中でも、自分しか乗っ
てないエレベータでも、独り切りでおる部屋でも、あまり良うないもんが背後にお
る、まぁ印みたいなもんやからな」

「どんなときでも、そうなんですか」

まさかと思いながら由羽希は尋ねたが、彼はあっさりとした口調で、

「たいていの場合は、もちろん気のせいや。けど、いつもそうとは限らん。そもそも

後ろいうんは、異界と通じ易《やす》いからな」

「えっ……、どうしてです？」

「本人には決して見えん空間やからや。そういう場に、妖《あや》かしは好んで潜みよる。後ろ向きで現れるもんは、紛うこと無き怪異や──いう考えとも、これは通じとるかもしれん」

「あのー、意味が……」

「亡船《ぼうせん》がそうや」

「はっ？」

「糸藻沢の出のくせに、亡船も知らんのか」

呆《あき》れ顔をする天空に、彼女は抗議した。

「ここで生まれ育ったのは母で、私は学校が休みのときに来てただけです」

「遠巳家の祖父《じい》さんに、その手の話を聞かされんかったんか」

「この寺に一度だけ連れてきてもらったとき、車の中で砂歩きのことは聞きましたけど、他は別に何の話も……」

「なるほど。それで俺が『砂歩きか』て口にしても、自然に受け入れとったわけか」

「いえ、訳が分かりませんでした」

天空は合点のいった様子だったが、由羽希は違った。しかし今は、別の言葉が気になっている。

「それで、亡船って何です？」

「海で亡くなった人の霊が、小舟に乗ってやって来るんが亡船や。よう似た現象に船幽霊《ふなゆうれい》がある。もっとも船幽霊は近づいてくると、『柄杓《ひしゃく》を貸してくれ』と言いよる。それで素直に渡したら、柄杓で海水を汲《く》んで、こっちの船にどんどん入れてきよる」

「そんなことされたら……」

「終《しま》いには沈む。せやから船幽霊に遭《お》うたら、底を抜いた柄杓を渡さなあかん」

「海水を汲めないようにするんですか」

「そういうこっちゃ」

「なんか想像すると、どうも間抜けに思えるんですけど……」

せっせと底の抜けた柄杓で海水を汲む様が、彼女には滑稽《こっけい》に映った。そのため少し笑いそうになったのだが、彼の表情はあくまでも真剣である。

「実際に柄杓を貸せと訴える船幽霊が出るとは、さすがに俺も思わん。けど、それに似た怪異が起きたからこそ、こういう伝承が残っとるんかもしれん。そんだけ海は恐ろしいとこやいう先祖の警告やと、これは捉《とら》えるべきやろうな」

「ば、莫迦《ばか》にするつもりは……」

慌てて取り繕いかけた由羽希を無視して、天空は続けた。

「一方の亡船は、近づいてくる小舟があるので目をやると、舳先《へさき》に誰か座っとる。それも後ろ向きに腰かけとる。何をしとるんやと眺めとるうちに、とんでもないことに気づく。船尾で舵《かじ》を取っとる者が、誰もおらんのや。せやのに小舟は海面を滑るように、すすすすすっと迫ってきよる。船首に後ろ向きの人を乗せたまま、当たり前のように進んでくる」

「それに出会ったら、どうすればいいんです？」

今度は状況を思い浮かべただけで、ちょっと怖くなった。そこで対処法を尋ねたのだが、返ってきた答えに拍子《ひょうし》抜けした。

「何もせん」

「そんな……。逃げなくて大丈夫なんですか」

「亡船が前から来た場合は、とにかく知らん振りをして擦れ違う。後ろから追いかけられたら、こちらが速度を落として先へ行かせる。ただし、擦れ違ったあとは絶対に振り向かず、追い越されたあとは絶対に顔を上げない」

「なぜです？」

「それの顔を、目にせんためや」

「もし、見たら？」

「何処《どこ》までも追いかけられる羽目になる。海に引き摺《ず》り込まれるまで、とにかく跟いてきよるからな」

訊かなきゃ良かった……と後悔したが、もう遅い。毎日ここを訪れるために、由羽希は海岸沿いを通らなければならない。集落間を結ぶ舗装路を歩いているとき、もしも亡船が海から近づいてきたら……と想像するだけで恐ろしくなった。

「で、でも、船で海に出なければ、まったく問題ないですよね」

そこで天空に、そんな確認を求めたのだが、

「亡船については、まぁそうやな」

なんとも含みのある返答を聞かされ、彼女はどきっとした。

「他にも何かあると？」

恐る恐る尋ねたところ、またしても天空が厭《いや》なことを言い出した。

「道を歩いてたら、前方に人が立っとる。それも道に背を向けて、ただ立っとる。別に壁のポスターを見とるわけでも、携帯電話やスマートフォンを操作しとるわけでもない。何もせずに、ぼうっと立っとるだけ……という人を見たことないか」

「一度や二度は、たぶんあると思います」

「声をかけたことは？」

「もちろん、ありません」

「なんでや」

「だって、見ず知らずの人じゃないですか」

「いや、声をかけんで正解なんや。そういう奴は、たいてい人間やないからな」

「えっ、どうして……」

「せやから言うとるやろ。後ろ向きで現れるもんは、紛うこと無き怪異やって」

「…………」

由羽希が黙ってしまっても、天空は特に気にした風もなく、

「前置きはこのくらいにしといて、さっそく忌物語りをはじめるか」

「ええっ、まだ怖い話をするんですか」

「何を巫山戯《ふざけ》たことを言うとる。ここからが本番やないか」

「その鏡に纏《まつ》わる話でしょうか」

彼の前に置かれた壁掛け鏡を、彼女が躊躇いがちに指差すと、

「最初はそのつもりやったけど、お前と話しとるうちに気が変わった。今日は、こっちにしよう」

天空が床の上から取り上げたのは、一足の何の変哲もない草臥《くたび》れた普通のスリッパだった。

「そ、それ？」

古びた鏡は怖いと思ったが、一方で綺麗《きれい》だなとも感じていた。しかし、目の前に差

し出されたのは、ただの安っぽいスリッパに過ぎない。

だが天空は、そんな由羽希の反応にはお構いなしに、問題のスリッパに纏わる薄気味の悪い話を語り出した。

「これは今から十二、三年ほど前に、ある女子大生が体験した話や。名前は、せやなぁ……仮に佐津紀《さつき》とでもしとくか。場所は某国立大学のある地方都市で、かなり古うなったアパートいうか、むしろ昔の下宿のような賃貸物件に、彼女は住むことになったんやが――」

＊

佐津紀が進学のために、引っ越し先の下見をしていたとき、何よりも建物の立地に魅せられた物件があった。

それは大学から十分ほど歩いた坂道の中途で、左側にだけ石垣が組まれている地域だった。そのため並びの家は、すべて石垣の上に建てられている。どれも一軒家ばかりだが、坂の上に差しかかる手前に、一際大きな建物が見えた。遠目に窺《うかが》うと、何やら由緒ある館のように映らなくもない。

逸《はや》る気持ちを抑えて、石垣の間に作られた「く」の字を描く石段を上っていくと、ぱっと建物の玄関が目の前に現れ、まずそのアプローチに彼女は惹《ひ》かれた。狭いながらも家屋の南側には庭があり、そこからの眺めも素晴らしかった。とにかくロケーションが抜群に良い物件だった。

ただし、大きな問題があった。〈幸福荘《こうふくそう》〉という時代を感じさせる名称からも想像できるように、物凄く建物が襤褸《ぼろ》かったのだ。築何十年という二階建て家屋の外観は、誰がどう贔屓目《ひいきめ》に見ても廃墟《はいきょ》としか思えない。いや、外見だけではない。内部も相当に傷《いた》んでいた。少なくとも大学生活を夢見て、はじめての独り暮らしを楽しみにしている女の子が、積極的に住みたいとは絶対に感じない代物だった。

それでも佐津紀は、ちゃんと内覧した。玄関を入るとコンクリートの三和土《たたき》があり、左側に下駄《げた》箱が見える。ここでスリッパに履き替える必要があると分かり、彼女は軽いショックを受けた。

これじゃ普通の家みたい。

言葉だけは知っている「下宿」という表現が、ふと頭に浮かぶ。しかし彼女にとって下宿とは、昭和時代の遺物のような存在でしかない。

来客用のスリッパを履いて上がった正面には一階の廊下が延び、その手前の右手に二階へ続く階段がある。一階の廊下の左側には一号室から六号室の五部屋――縁起を担いでなのか四号室はない――と、奥に共同の狭いキッチンと物置とトイレが見える。勾配《こうばい》のきつい階段を上った二階も廊下の左側に七号室から十一号室の五部屋と、奥に共同の物置とトイレがあった。

どの部屋も六畳一間で、小さな洗面台と押入がついており、窓は南向きである。ちなみに風呂《ふろ》も、洗濯機を置くスペースもない。部屋の入口は横に滑らせる引き戸で、廊下と室内は板壁のため、いかにも安普請に映る。それでも建てられた当時は綺麗だったのだろうが、さすがに往年の面影は何処にも認めることができない。

案内に立った不動産屋の仲井《なかい》という男性社員は、

「ここは立地がいいから、今風のお洒落《しゃれ》な集合住宅に建て替えれば、あっという間に大学生で満室になると思うんですよね」

大袈裟《おおげさ》なほど残念そうに嘆くので、自然に佐津紀も尋ねていた。

「そういう予定はないのですか」

「大家さんが、なかなか『うん』と言わなくて」

「お金がかかるからでしょうか」

「結構なお歳ですので、この建物に愛着があるのかもしれません。それが住人に対しても……」

と言いかけたところで、ふっと彼は口を噤《つぐ》んだ。物件の内覧者とする話題ではないと、とっさに気づいたのだろう。

「ここの建物が新しくなって、借りる人が大学生ばかりに変わったら、本当にいいんですけどねぇ」

それなのに含みを持たせた台詞《せりふ》を続けたのは、まさか彼女が当の幸福荘に入居するとは思いもしなかったからに違いない。

「ここに決めました」

だから佐津紀がそう言うと、仲井は驚きを露《あらわ》にした。

「いいんですか」

およそ不動産屋らしくない確認を、わざわざしたほどである。

「はい。よろしくお願いします」

決め手は家賃だった。大学まで徒歩で十分の距離にあるのに、一月《ひとつき》の部屋代がその地方の相場の半額以下なのだ。これは親の仕送りの金額を考えると、かなり助かる値段である。

佐津紀が本気だと理解したとたん、それまで親しげだった仲井の態度が、妙に余所《よそ》余所《よそ》しくなった。顧客が若い女性だけに、もっと綺麗で便利な――その代わり家賃も高い――物件を、きっと選ぶと考えていたせいか。それとも別に理由があったのか。

もちろん彼女には分からなかったが、なんとなく嫌な気がした。

佐津紀が借りたのは、二階の十号室である。窓からの眺めを考えると、やはり二階に住みたい。空室は九号室と十号室だった。そのとき仲井に、十一号室の住人はほとんど在室していないと教えられ、すぐ十号室に決めた。どう見ても部屋の壁は薄そうだったので、そこなら両隣に気兼ねする必要もあまりなさそうである。

ただ、十号室を選んだ際、またしても仲井が妙な反応を示したように思え、彼女は引っかかった。

「九号室も十号室も、どっちも同じですよね」

そこでさり気なく彼に意見を求めたところ、

「そうですね。けど九号室のほうが、眺めが良いかもしれません」

まるで説得力のない言葉が返ってきて、佐津紀はびっくりした。二つの部屋の窓から望める風景に、まったく違いなどなかったからだ。

そこで彼女が十号室に決めた理由を話すと、仲井は納得した。にも拘らず同じ台詞を、なぜか繰り返したのである。

「ええ、十一号室の入居者は、ほとんど帰ってこないようです」

彼はいったい何が言いたいのか。どんな意図があって、どうして二度も十一号室の住人に触れたのか。

その場で問い詰めることもできず、佐津紀は駅前の不動産屋まで戻った。そこで結局もやもやとした気分が晴れぬまま、幸福荘の十号室の賃貸契約を交わした。

もっとも幸福荘での生活がはじまると、そんな体験もすぐに忘れてしまった。確かに建物は襤褸くて汚なく、大学生活で得た友人たちは誰もが、「凄いとこに住んでるね」と驚いた。だが、はじめての独り暮らしで味わう解放感が心地好く、正直あまり気にならない。銭湯は幸福荘と大学の中間にあり、コインランドリーも完備している。その隣はスーパーマーケットで、日用品から食料品まで調達できた。つまり日常生活で必要なものが、ほぼ通学圏内で揃えられたのである。

とはいえ住人たちには、少しだけ不安を覚えていた。ただし暮らしてみると杞憂《きゆう》だと分かった。学生は彼女だけで、他は全員が社会人だったからだ。そのうえ年配者が多かったので、それも幸いしたらしい。

学生同士の場合、ある程度の付き合いは、どうしても避けられない。こちらが仮に厭《いと》うても向こうから寄ってこられれば、同じ集合住宅では逃げようがない。まして幸福荘のような下宿のごとき構造では余計である。だが相手が働いていると、そもそも接点が生まれ難い。日々の生活では時間の擦れ違いがあり、お喋りをするにしても話題に困る。そのため住人の多くとは、顔を合わせたときに挨拶するだけの付き合いになった。

幸福荘の一階は三号室だけが空室で、あとの四室は埋まっている。六号室の住人が「木藤《きとう》」という七十歳前後の女性だということ以外、実はほとんど分からない。他の三室の入居者は全員が男性で、四十代半ば、五十歳前後、五十代後半の三人らしいと知っている程度で、誰が何号室なのかは不明である。

佐津紀が一階に下りるのは、共同のキッチンを使うときだが、ここで彼らに会ったことは一度もない。それは木藤も同様だったため、全員が外食しているのだろうかと彼女は不思議に感じた。失礼な話だが、ここに住んでいる時点で、あまり裕福ではないと分かる。自炊をせずに外食ばかりする余裕があるとは、ちょっと思えない。

二階の七号室には「草壁《くさかべ》」という三十歳前後の男性が、八号室には「水脇《みずわき》」という二十代後半の女性が、それぞれ入居していた。草壁は一階の住人と同じく挨拶だけの付き合いだったが、水脇とは親しくなった。彼女も自炊していたからだ。

県庁の職員である水脇は、他の住人たちより規則正しい生活を送っていた。そのため夕食時に、佐津紀とキッチンで鉢合わせすることが多く、自然と口を利くようになった。年齢も一番近いため、共通の話題もある。だからこそ疑問が芽生えた。彼女のように若くて綺麗な女性が、どうして幸福荘に……と。

「私ね、結婚資金を貯めてるの」

互いに節約生活の話をしていたとき、ふと水脇が漏らした。それで佐津紀は合点がいったのだが、彼女には何やら複雑な事情がありそうだった。なぜなら実家が地元にあるのに、わざわざ家を出て、ここに住んでいるらしいからである。

親が結婚に反対してるとか……かな。

佐津紀は気になったが、水脇もそれ以上は話さなかったので、さすがに興味本位では訊けない。それでも互いの私生活に踏み込まない程度に、二人は仲良くなることができた。

問題の十一号室には、「遠場《とうば》」という年齢不詳の男性が住んでいた。ただし入居して五年目の水脇でさえ、まだ三回しか目にしていないという。しかも二回は後ろ姿だけで、まともに顔を合わせたのは一回だけだという。

「最初は若いなと思ったけど、廊下で擦れ違う瞬間によく見たら、結構な年齢に感じられたわ。けど、あとから振り返ると、まったく印象に残ってないの。いったい何歳くらいで、どんな雰囲気の人だったか、少しも思い出せなくて……」

「五年で三回ってことは、一年に一回も帰ってこないわけですか」

佐津紀がびっくりして尋ねると、水脇は首を振りながら、

「それがね、そうでもないみたい。数ヵ月に一度、夜中に物音が聞こえるから……」

「遠場さんが帰ってきた？」

「うん。階段を上がって、二階の廊下を奥へと進む物音ね。私が入居したときから、九号室と十号室はずっと空いてたので、あれは遠場さんに間違いないと思う」

「えっ、五年間も空室だったんですか」

呆れ顔の佐津紀に、水脇は笑いながら、

「この襤褸さではねぇ。よっぽどの物好きでないと——あっ、あなたと私は、もちろん経済的な理由があるから違うけど……って、他の人も同じかな。ただ、遠場さんだけは別なような気がして、実はちょっと薄気味悪いの」

「彼には何かあるんですか」

怖いもの見たさの気持ちで尋ねると、困った様子で水脇は、

「そういうわけじゃないけど、なんとなくね。そうそう、夜中に帰ってくるときは、かたかたかたかたっ……ていう乾いた変な物音をいつもさせるの。なんか薄くて軽い板切れがぶつかり合ってるような、とても妙な音なの。変て言えば、そのときの廊下を歩く足音が、また可怪しいのよ」

自分が寝ているときに、そんな物音が聞こえませんように……と、佐津紀は強く念じた。

「それに十一号室の隣にある物置は、全員が共同で使えるはずなのに、なぜか彼が独占していてね。一階の物置より広いのよ」

大家さんに言えば良いのにと佐津紀は思ったが、誰もが容認しているらしい。水脇もそうだった。物置に仕舞いたいほどの荷物もないから、というのが理由だという。

その点は佐津紀も同じなので、結局この件は彼女自身にとっても、まったく問題にな

らなかった。

水脇を除くと他の住人たちとは、ほぼ没交渉だった。ただし木藤だけは、妙な関係ができてしまった。あれを関係とは、とても呼べないだろうけど。

最初は引っ越して二週間ほど過ぎた、ある日の夕刻である。佐津紀がキッチンで独り夕食の準備をしていたとき、急に六号室の引き戸が開いて、ぬっと木藤が出てきた。びっくりしながらも佐津紀が挨拶すると、可怪しなことを言われた。

「不味《まず》くなるやろ」

自分の作る料理が不味いと貶《けな》された。そう受け取った彼女は、とっさに腹が立ったものの、すぐに言葉のニュアンスが違うと気づいた。木藤は「不味いやろ」ではなく、「不味くなるやろ」と口にしたのだ。

「どういう意味ですか」

思わず尋ねたが、相手は何も答えない。別の訊き方もしたが、やはり無言である。仕方なく料理を再開すると、しばらく木藤は廊下に立っていたが、そのうちぷいっと部屋に引っ込んでしまった。

このとき以来、佐津紀がキッチンで料理をしていると、たまに木藤が部屋から出てきて話しかけてくるようになった。天気やテレビ番組など、他愛のない話題のときは普通なのだが、そのとき佐津紀が作っている料理にまで話が及ぶと、絶対に彼女の様子が変になる。

「不味くなるやろ」

しかも決まって言う台詞は同じだった。

「この料理のことですか。いったい何をしたら、不味くなるんです?」

そのたびに尋ねたが、いつも答えない。それでも何度目かのとき、ようやく木藤が答えたのだが、どうにも聞き慣れない言葉を耳にして戸惑った。

「よもつへぐいをしとるようなもんやからな」

まったく意味が分からないながらも、なぜか耳には残った。そこで夕食後、パソコンを立ち上げて、インターネットで調べてみて仰天した。

黄泉戸喫《よもつへぐい》とは、死者の国である黄泉《よみ》の竈《かまど》で煮炊きした食べ物を口にすることで、これを食べると現世に戻れないと言われている。『古事記』や『日本書紀』で、伊邪《いざ》那美命《なみのみこと》が黄泉の国に行ってしまったことを嘆き、伊邪那岐命《いざなぎのみこと》が連れ戻そうとするが叶《かな》わなかったのは、すでに伊邪那美命が黄泉戸喫をしていたからだとされる。

そんな解説に目を通しているうちに、なんだか胸焼けしそうになった。傷んだ食材を使ったわけではなく、いつもの調理方法で作った料理を食べただけなのに……。

あのキッチンが不衛生ってこと?

確かにお世辞にも綺麗とは言えないが、佐津紀は使ったあと必ず掃除をしている。

水脇も同じである。他の住人が汚すことはまずない。ほぼ二人の専用だった。だから木藤に、あんな風に貶される覚えなど少しもないはずなのだ。

最初は気味悪かったが、次第に腹が立ってきた。かといって六号室に怒鳴り込むわけにもいかない。そこで次に水脇とキッチンで鉢合わせしたとき、小声でそっと愚痴を零《こぼ》した。

「あなたも言われたの」

するとと彼女から、意外な返しがあった。

「私も入居した当初は、同じ難癖をつけられたわ」

「黄泉戸喫の意味は……」

「うん、知ってた。でも、どうしてそんなことを言うのか、さっぱりだった」

「ここって、元はゴミ捨て場だったとか、そういう理由でしょうか」

「いいえ、違うと思う。幸福荘が建つ前は、ただの山だったはずよ。実家を出るとき、ここに住むことは、祖母だけに教えたの。そしたら『あそこは昔、狸《たぬき》が出るほどの山だった』と言ってたから」

「それじゃ……」

「別に私もあなたも、ここで料理したものを食べて病気になってないんだから、まったく気にする必要ないわよ」

その後も木藤から同じ言葉をかけられたが、佐津紀が相手をしないでいると、やがて何も言われなくなった。ただし料理中や食事中に、ふっと異臭が鼻につくときが、たまにあって困った。それがまたゴムを焼いたような臭いなのである。

料理はキッチンでするが、食事は部屋で摂《と》る。つまり木藤によって植えつけられたかもしれない、キッチンに対する悪い印象のせいでは、どうやらないらしい。そのため食材が悪かったのかと考えるのだが、やっぱり違う気がする。

では、なぜなのか。

一向に理由が分からない。同じ経験をしているかと水脇にも尋ねたが、そういう覚えは一度もないと言われ、自分だけなのかと少し怖くなった。とはいえ異臭の件は、本当に思い出したように臭うだけで、それもすぐに消える。だからつい忘れがちになったが、隣室の妙な気配は違った。

幸福荘は集合住宅の割に、とにかく静かだった。日中は木藤の六号室からテレビの音声が漏れるくらいで、あとは寂《じゃく》としている。テレビも騒音と感じられるほど煩《うるさ》くはなく、いつも夜の早い時間には聞こえなくなる。すると建物全体が、まるで墓場のような静寂に包まれる。周囲は住宅地のため、やはり静かである。そのため遠くの幹線道路を走る車の音や、さらに遠方の線路を通る電車の音が、微《かす》かに耳につくのが逆に心地好い。特に寝入り端《ばな》の、かたことん、かたことん……と響く電車の走行音はなんとも言えぬ郷愁を誘い、まるで子守歌のようで佐津紀も好きだった。

ところが、引っ越してから一月半ほどが過ぎた夜のこと、そこに奇妙な物音が交じっている事実に、ふと彼女は気づいた。

いつものように午前一時前まで起きていて、蒲団《ふとん》に入って半ば眠りかけたころ、

……すうっ、……すうっ。

空気の漏れるような音が聞こえ、ぼんやりと意識が戻った。しかし、そこから耳を澄ましても、少しも物音がしない。

空耳か。

そう思って眠りかけたところで、

……とっ、……とっ。

再び何かが耳につき、半ば目覚めてしまった。それは同じような音なのに、何処か違っても聞こえる。なんとも不思議な物音だった。

いったい何の音？

好奇心から凝《じ》っと聞き耳を立ててみたが、もう止《や》んでしまったのか、うんともすんとも響かない。

結局その夜は、再び寝入って終わりだった。

それから数日後、この奇妙な物音のせいで、やっぱり目が覚めた。

……ちゃ、……ちゃ。

このときようやく、それが人の話し声ではないかと思った。正確には言葉の語尾である。だから似ているけれど違うように聞こえるのではないか。

階下の木藤の部屋に来客があって、そのまま泊まっているのかなと考えた。だが、それならもっと早い時刻から声がしたはずである。第一これまで一度として、階下から人の話し声が聞こえたことなどない。木藤の部屋に限らず、そもそも幸福荘を訪ねてくる者は、ほぼ皆無だった。佐津紀の大学の友達でさえ、あまりここには来たがらない。

それに、これは一階からじゃないような……。

だったら、いったい何処から……。

そんな風に考えているうちに、すっかり頭が冴《さ》えてしまい、その夜は寝直すのが大変だった。

それから数日後、またしても謎《なぞ》の話し声のような響きのせいで、せっかく寝入りかけていたところを起こされた。

もう、何なのよ。

いらっときて思わず腹が立ったが、

……よぉ、……よぉ。

微かに響く人の話し声の如き木霊が、何処から聞こえているのか、はっと悟った瞬間、ぞっとした。

ひょっとして隣？

それも空室の九号室ではなく、未だに帰ってきた住人に会ったことのない問題の十一号室である。その薄気味の悪い囁《ささや》きは、遠場の部屋から聞こえているらしい。

まさか……。

まったく佐津紀が気づかぬ間に、遠場が戻っているのだろうか。だとすると誰かと一緒ということになる。それとも独り言を口にしているのか。

ううん、どっちでもない。

会話にしろ独り言にしろ、あまりにも声が小さ過ぎる。仮に小声で話したにしても、ここの薄い壁ではもう少しはっきり聞こえるだろう。

あれは、もっともっと低い声……。

しかも変なのは、ほぼ十一号室から聞こえているのに、それが微妙に移動しているように感じられてならないことだ。

部屋の中を動いてる？

しかし、そんな気配は一切《いっさい》ない。無気味な話し声擬《もど》きが微かに響く以外は、まったく隣室は静かなものである。にも拘らず謎の囁きは、隣の部屋のあちこちから聞こえているような気がする。

いったい……。

夜中の十一号室で何が起きているのか。

水脇に相談したかったが、こんなときに限ってキッチンで一緒にならない。かといって部屋をわざわざ訪ねるのも気が引ける。そこまで打ち解けた間柄ではない、という躊躇いをどうしても覚えてしまう。

大学で仲が良く、幸福荘にも何度か遊びにきた友達に打ち明けると、「あんな気味の悪いとこ、さっさと引っ越しなよ」と言われた。だが、経済的にそれはできない。どうしたものかと悩んだが、意外にも時間が解決した。

その話し声のような物音に、佐津紀が慣れてしまったのである。そもそも毎夜それが聞こえるわけでも、必ず彼女の耳に届くわけでもない。例えば低い音量で音楽をかけているだけで、まったく聞こえなくなる。それほど微かな囁き擬きのために、ラジオや音楽を聴くように心がけた結果、あまり気にならなくなった。

実は何の解決にもなってないけど……。

自分でもよく分かっていたが、問題の物音が耳につかないような処置を取ることで、ここは満足するしかなかった。とはいえこの対症療法のお蔭《かげ》で、佐津紀はぐっすりと安眠できた。音楽もラジオも静かに聴いたので、階下の住人から苦情が出ることもない。これで彼女の悩みも、ようやく片づいた。

大学が夏休みに入ると、すぐに佐津紀はバイトをはじめた。そのため夜更かしをしなくなり、就寝時間が早まった。例の物音は真夜中に聞こえる。しかし、その時刻にはバイト疲れから、いつも彼女は熟睡していた。音楽やラジオに頼らなくても、まったく困らずに寝られる状態だった。

そんなバイト漬けの生活が続いて、八月に入ったある夜のこと。いつものように疲労から寝入っていると、ふっと夜中に目が覚めた。

……隣？

とっさに聞き耳を立てたが、あの囁き擬きは少しも響いていない。

それじゃどうして……。

怪訝《けげん》に思ったのも束の間、廊下の向こうから、どきっとする物音が聞こえてきた。

にいいぃ、ぎいいぃ、きゅいぃ……。

それは誰かが階段を上っているらしい足音だった。

あっ、遠場さん？

ついに隣人が帰ってきたのかもしれない。そう思い佐津紀は興奮した。

ききっ、にぎぃぃ……。

その誰かは階段を上がる音を殺そうとしていたが、化物《ばけもの》の断末魔の叫びのような軋《きし》みが、しばらくは彼女の耳朶《じだ》に響いた。

しった、しった、しった……。

それから廊下を歩き出したらしい足音が聞こえてきた。が、水脇が指摘していたように、それは確かに可怪しかった。ただ、何がどう変なのか、まったく分からない。

かたかたっ、かたっ……。

と同時に、水脇が言っていた乾いた物音もし出した。

何だろう？

とっさに浮かんだイメージは、背負ったリュックサックに詰め込まれた細長くて薄い板切れが、互いにぶつかり合っている光景である。しかし、それの正体までは、どうにも見当がつかない。

次第に近づいてくる足音を耳にしていると、なんだか佐津紀は怖くなってきた。あれは遠場で、十一号室に帰ってきただけだと考えるのだが、恐怖はいや増すばかりである。

……しった、しった、しった、ひた。

廊下の足音が止まった。それも十号室の前らしい。

鍵《かぎ》はかけた？

いつも内鍵をかけているが、忘れることも多い。廊下が外に面していないので、つい油断してしまう。

　まさか、引き戸を開けるつもりじゃ……。

　有り得ないと思いながらも、少しも安心できない。もしも侵入してきたら、どうやって逃げるのか。彼女が必死に考えていると、

　……しった、しった、しった、しった。

　再び足音は奥へと向かい、引き戸に鍵が差し込まれる物音がして、遠場らしき者が隣室へ入ったのが分かった。

「……ふうぅぅぅっ」

　無意識に止めていた息を、佐津紀は大きく吐き出した。一瞬とはいえ襲われるのではないかと感じたことが、ちょっと滑稽に思えた。かといって隣人に覚えた恐怖心は、決して薄まらなかった。むしろその夜を境に、余計に強まってしまった。

　かたっ……、こんこん……、ごとっ……。

　なぜなら微かながらも、そんな謎の物音が隣の十一号室から一晩中、ずっと聞こえていたからである。

　翌朝、佐津紀は寝不足のままバイトに行った。あの騒音が今夜も続くようなら、ここは苦情を言わなければならない。だが、その勇気が彼女にあるかどうか、本人にも皆目分からないのが問題である。

バイトを終えて帰宅し、キッチンで夕食を作っていると、久し振りに水脇と一緒になった。こちらから切り出す前に、向こうから昨夜の話を振ってきた。そこで佐津紀が隣室の物音に触れると、水脇は興味を持ったようだが、やっぱり何をしているのか見当もつかないという。ただ今夜の心配をしたところ、恐らく大丈夫だろうと言われた。

「あなたがバイトをしている間に、きっと彼はまた出掛けたと思うから」

水脇の言葉は当たっていた。その夜、隣室に遠場がいるような気配は、まったく感じられなかった。再び静か過ぎるほどの、しかし奇妙な囁き擬きがたまに聞こえる、そんな夜が戻ってきたのである。

それから二年が過ぎた。その間も数ヵ月に一度、佐津紀が隣人の存在を忘れかけたころに、ふらっと遠場は帰ってきた。ただし顔を合わせたことは、まだ一回もない。彼の帰宅が、いつも真夜中だったせいだ。

かなり怪しげながらも――とはいえ一方では安定しているとも言える――そんな隣人関係に変化が訪れたのは、彼女が大学の三年生に進級した春の夜である。

一、二年生に比べると、三年生は講義の数ががくんと減る。特に午前中は、ほとんど講義がなくなる。そのせいで夜更かしが増えた。別に友達と夜遊びをするわけではない。趣味の読書に費やす時間が長く、かつ遅くなったのである。

そんなある夜のこと。もう午前二時半だったが、もう少しで読み終える本があった。そこでホットミルクを飲みながら、一気に読了しようと思った。

佐津紀は小さな冷蔵庫から牛乳パックを、本棚兼食器棚からマグカップを取り出すと、適量のミルクをカップに入れて、物音を立てないように廊下へ出た。それを温めるためには、面倒だがキッチンへ下りなければならない。

春とはいえ深夜は、まだかなり冷える。そのうえ廊下の明かりは薄暗く、なんとも寒々しく映る。そのため廊下に立ったとたん、ぶるっと震えが走り、危うくカップのミルクを溢《こぼ》すところだった。

彼女はそろそろとした足取りで、ゆっくり静かに廊下を進んだ。特に八号室と七号室の前では、より慎重に足を踏み出した。階段を下りるときも同じである。どの段のどの箇所が軋むのか、だいたい分かっているため、できるだけ避けるようにする。それほど用心していても突然、きゅぃぃ……と段が鳴ることがあり、そのたびに心臓がどきっとした。

階段に気を取られ過ぎていたせいか、残りが三段ほどになってようやく、佐津紀の視界にそれが入った。

誰のだろ？

階段が終わって玄関の板間がはじまるところに、一足のスリッパが置かれていた。

まるで階段を下りてきた人が、そのまま履くことを想定したかのように、きちんとスリッパが揃えられている。

仕舞い忘れか。

下駄箱に戻してあげようかと思ったが、誰のものか分からない。

まっ、いいか。

彼女は一階の廊下を、できるだけ足音を立てずにキッチンへ向かうと、カップから小鍋《こなべ》にミルクを移して、それをガスコンロで温めはじめた。

……あれ？　けど変よね。

スリッパが出されたままなのは、その持主が外出した証拠である。しかしスリッパを脱ぐなら、もっと玄関の三和土寄りになるのではないか。靴に履き替える動作を考えると、それが自然だろう。にも拘らずあのスリッパは、階段のほぼ真下にあった。あそこから三和土までは、大人の男でも二、三歩は必要になる。そんな場所で脱ぐとは思えない。

ぷしゅう。じゅじゅじゅじゅう。

気がつくとミルクが噴き溢れていた。慌ててコンロの火を止め、沸騰したミルクをマグカップに注ぐと、手早く鍋を洗う。それで少しは気が紛れたが、熱過ぎるカップを持って廊下を戻るとき、あのスリッパをまた目にするのかと思うと、なんだか厭になった。

階段の下にぽつんと置かれた謎のスリッパを、佐津紀は大袈裟なほど迂回《うかい》した。そこから十号室までは、再び足音を忍ばせて戻る。お蔭で部屋に落ち着いたときは、妙に疲れてしまった。忍び足で歩いたせいばかりではない。あのスリッパを見たことが、なぜか影響している気がして仕方ない。結局この夜、彼女はホットミルクを飲んだだけで、読書を再開することなく就寝した。

それから四日後の夜、佐津紀は温かい紅茶が欲しくなった。湯を沸かすだけなら、安く買った小型の電気湯沸かしポットがある。だが生憎《あいにく》、紅茶が切れていた。

キッチンに行くしかないか。

大家は料理に必要な調味料を、ちゃんとキッチンに常備してくれている。その中に、なぜか紅茶のティーバッグがあった。木藤によると「本人は飲まないのに、他人から貰《もら》うことが多いから」らしい。

まだ残ってればいいけど。

電気湯沸かしポットを水で満たしてスイッチを入れると、佐津紀は廊下に出た。そして静かに歩きはじめたところで、四日前の晩のことを思い出した。

そう言えば、あのスリッパ……。

翌朝の遅い時間に見たときには、もうなくなっていた。誰かが部屋まで履いたのか、それとも下駄箱に戻したのか。

いったいどの部屋の人が……。

そう考えているうちに、階段の上まで来る。そこから慎重に一段ずつ下り出して、思わず彼女の足が止まった。

えっ……。

四日前の晩に見たのと同じスリッパが、今度は階段の下のほうに置かれている。薄暗い明かりの中、目を凝らして数えると、それは下から四段目にあった。爪先《つまさき》を玄関に向けて、きちんと揃えた一足のスリッパが……。

その様が佐津紀にはあたかも、四日前から一晩ずつかけて、スリッパが一段ずつ階段を上がったかのように映った。実際、一夜に一段ずつと数えると、ちょうど今夜で四段目になるではないか。

まさか……。

そんなこと有り得るわけがない。第一それだと、スリッパは後ろ向きに階段を上がっていることになる。

このとき佐津紀の耳に、深夜に帰宅した遠場らしい者の奇妙な足音が蘇《よみがえ》った。

……しった、しった、しった。

あれは後ろ向きに歩いていたのではないか。

ふっと目の前に、人間が想像してはいけない光景が浮かびそうになって、彼女は急いで部屋まで取って返した。もはや紅茶どころではない。

次の日の夜、佐津紀は気になって仕方なかったが、とても階段を検《あらた》めることはできなかった。その次の日も同様である。しかし、さらに次の日の夜になると、逆に確かめないことのほうが怖く思えてきた。こうして彼女が無視している間にも、あのスリッパは一晩に一段ずつ、確実に階段を上がってきているかもしれないのだ。

莫迦げてる。

日中はそう考えるのだが、夜が更けるに従い、もしかすると……という疑いが頭を擡《もた》げてくる。するとスリッパの存在が、頭から離れなくなる。本を読もうとしても、少しも集中できない。

結局その夜、佐津紀は迷いに迷った末に、思い切って確認することにした。ただ、なかなか決心がつかなかったため、部屋を出たのは午前三時過ぎだった。

足音を殺しながら廊下を歩き、階段の上に着いたところで、恐る恐る下を覗《のぞ》く。

……やっぱり。

階段の途中に、ぽつんと一足のスリッパが置かれていた。すぐにでも踵《きびす》を返して戻りたかったが、我慢して段を数えてみると、そこは下から七段目だった。つまり彼女が想像した通り、スリッパは一晩に一段ずつ上がっている計算になる。

ともすれば震える両脚を踏ん張りながら、佐津紀は階段を数えた。すると全部で十六段あった。要は今夜から九日後に、スリッパは階段を上がり切ることになる。

それから……。

と考えたところで、自然に十一号室が脳裏に浮かんだ。あのスリッパは遠場の部屋まで行くつもりではないか。もちろん理由は分からない。それを言うなら、スリッパの正体も不明だった。いや、あれは単なるスリッパに違いないが、ああやって動かしているものが何かは、まったくの謎である。

走って逃げたいのを堪《こら》えて、彼女はゆっくり静かに廊下を戻った。そして部屋に入ったとたん、
ひょっとして悪戯《いたずら》とか。

普通は真っ先に疑うことを、ようやくこの時点で思いついた。佐津紀が夜更かしをしており、たまに夜中にキッチンへ下りている事実を、ここの住人なら誰でも知り得るからだ。とはいえ、すぐさま否定した。そもそも肝心の容疑者が一人もいない。これがミステリであれば、彼女を十号室から追い出したかったから、という動機が考えられるが、この幸福荘ではまず有り得ない。かといって単なる嫌がらせでもなさそうである。

それじゃ、やっぱり……。

翌朝の遅い時間、木藤が出かけるのを待って、佐津紀は下駄箱を調べた。他の住人たちは皆、とっくに会社や仕事へ行っていていない。そのため下駄箱の中を覗くだけで、全員のスリッパを確認することができた。

一号室から順に見ていったが、問題のスリッパを認められたのは、予想通り十一号室だった。遠場の部屋である。

彼が帰ってきてる？

ちらっとそう考えたが、すぐに違うと首を振った。それなら階段の途中で、わざわざスリッパを脱ぐわけがない。しかも日を追うごとにスリッパを脱ぐ場所が、より上段へと移動するのも変だろう。

いったい、あれは……。

何なのかと想像しただけで、物凄く怖くなった。玄関の三和土には、春の日の光が射し込んでいて気持ち良いはずなのに、寒々とした気配を覚える。下駄箱から階段に目をやると、そこだけ妙に薄暗く感じられた。部屋に戻るためには、その階段を上らなければならないのに、とてもできそうにない。

佐津紀は靴に履き替えて表へ出ると、そのまま近所を散歩した。ただ闇雲に歩き回りながら、これからどうするかを考えた。その結果、ようやく捻《ひね》り出した答えが、何もしない。

あのスリッパが遠場に関係しているのなら、最後はきっと十一号室に辿り着くことになる。それが自分の隣室だと思うと気持ち悪いが、彼女に害があるわけではない。何か被害を受けるとすれば、夜中に無気味な物音が響くくらいだろう。もちろん厭だが、それが毎晩のように続くわけではない。現に今、階段を上る軋み音は聞こえていない。

見て見ぬ振りが一番だわ。

佐津紀はそう結論づけた。水脇に相談しても、良い案が出てくるとは思えない。むしろ相手を怖がらせるだけだ。大学の友達は間違いなく、「だから引っ越しなって言ったじゃない」と呆れるだろう。

その日から彼女は、とにかく夜中にキッチンへ下りることを止めた。ホットミルクを飲めないのは少し残念だが、紅茶のティーバッグを切らさないように注意する。このときほど二階にもトイレがあるのを感謝したことはない。

にも拘らず佐津紀は毎夜、あのスリッパが今夜はどの段にいるのか……を、つい考えてしまう。決して適切な表現ではないが、それは「死んだ子の歳を数える」ような意味のない行為なのに、どうしても止められない。

廊下に出て、見に行かなければ……。

別に問題はないと分かっているからだろう。もっともトイレに立つことはあった。

そんなときは廊下に出ても、絶対に階段のほうには目を向けない。十一号室の前を通る際も顔を背けて、足早に行き来するように心がけた。

それなのにその日の夜中、トイレへ行こうと廊下に出た佐津紀は、なぜか階段に顔を向けてしまった。あとから振り返ると、それほど尿意があったわけではない。かといってトイレに必ず行くのが、就寝前の習慣というわけでもないのに。

ところが彼女は部屋から出て、気がつくと階段のほうを見ていた。無意識に覚えた好奇心からか、あるいは何かに憑《つ》かれていたのか。

すぐ目に入ったのは、階段の下り口に揃えられた一足のスリッパだった。今から階段を下りようという人のために、爪先を下り口側に向けて、あたかもその場に置かれているようなスリッパである。

佐津紀は回れ右をすると、急いで部屋に戻った。この夜を境に、彼女は午前零時を過ぎると、二度とトイレに立たなくなった。そのため夜は、なるべく水分を摂らないようにした。その影響からか夜更かしが減り、就寝時間も早まった。寝るときはラジオをつけるので、例の囁き擬きに悩まされる心配もない。仮に隣室や廊下で何かが起きていても、一切それを知ることなく安眠できた。

よく考えると、なかなか恐ろしい状態だったかもしれない。しかし本人さえ気にしなければ、たとえ身近で奇々怪々な現象が起きていても、それは存在しないことになる。怪異とはそういうものである。

深夜の気味の悪い物音に悩まされずに、就寝も午前零時前にするようになって数日が過ぎたある夜、ふっと佐津紀は目覚めた。枕元《まくらもと》ではラジオから、音量を絞ったクラシック音楽が流れている。しかし、それで起きたわけではなさそうだった。むしろラジオの音楽は、子守歌代わりになっていた。

……ほと。

そのとき微かな物音が、何処かでした。

隣の？

例の囁き擬きかと思ったが、どうも聞こえた方向が違う気がする。蒲団の中で少しだけ頭を起こすと、彼女は聞き耳を立てた。

……ほと。

再び響いたその音を耳にして、佐津紀は自分の顔から血の気が引くのが分かった。

誰かが十号室の引き戸をノックしてる……。

ただ、その位置が可怪しかった。普通なら大人の胸の辺《あた》りで、ノックの音は鳴るはずである。しかし何者かが叩《たた》いているのは、彼女の部屋の引き戸の下部だった。身体で言えば腰の付近だろうか。

子供？

だが幸福荘には大人しかいない。それに今は真夜中である。他人の部屋を訪ねる時間ではない。

誰……。

とっさに想像したのは、もちろん遠場である。あのスリッパが十号室の前まで達した光景が、ぱっと脳裏に浮かんだ。

だけど、どうして？

そのまま通り過ぎて、十一号室に向かえば良いではないか。それとも七号室も、八号室の水脇のところも、こうしてノックしたのだろうか。

あっ……。

その瞬間、佐津紀は厭な可能性に思い当たった。彼女だけがあのスリッパに気づいてしまった。だから今こうして深夜の訪問を受けているのではないか。もっと早くに関わりを断っていれば、こんな目に遭わずに済んだかもしれない。

とてつもない後悔の念に囚われたが、もう遅い。

……ほと、……ほと。

弱々しく引き戸を叩く物音が、先程から止まずにずっと続いている。それもなぜか連続ではなくて、間を空けて一回ずつ叩くのだ。その異様な間隔が、なんとも気持ち悪い。

ごめんなさい、ごめんなさい、ごめんなさい。

佐津紀は蒲団を頭から被《かぶ》ると、心の中で必死に謝った。なぜ謝罪するのか自分でも分からなかったが、とにかくお経のように、ただし声には出さずに唱え続けた。

……ほと、……ほと、……ほと。

それでもノックは止まない。一晩中それは鳴っていた。夜が明けるまで、ひたすら続いていた。

翌日、大学の講義が終わったあと、佐津紀は友達の家へ遊びに行き、そのまま泊めてもらった。特に理由は訊かれなかったが、「あそこ引っ越したら」と鋭く突っ込まれた。ただし、しばらく滞在して良いと言われたが、迷った末に次の日の夕方には帰った。ただし、その晩のうちに少しでも変な事が起これば、本気で引っ越しを考えるつもりだった。そういう覚悟で、彼女は幸福荘の十号室で寝た。しかし幸い何事もなく、無事に翌朝を迎えられた。翌日の夜も、さらに翌日の夜も同様である。むしろ例の囁き擬きが、いつの間にか止んでいたくらいで。

私が外泊した夜、あのスリッパが十一号室に辿り着いたから、すべては終わったのかもしれない。

そんな風に佐津紀は考えた。説明がついているようで、実は何も分かっていないのと同じだが、我が身に降りかからない限り、彼女はそれで納得できた。とはいえ警戒心は、しばらく残った。完全に払拭《ふっしょく》できたのは、恐怖の体験から半月ほど過ぎたころである。

やがて夏休みになり、一、二年生のときと同じくバイトに励んだ。そして秋になって大学がはじまると、夜更かしが復活した。だが、夜中にキッチンへは決して下りなかった。もう大丈夫だと思っていたが、そもそも行く用事がない。温かい飲み物が欲しければ、いくらでも部屋で作れる。その準備を怠らないように、いつも彼女は気をつけていた。

ある夜、寝る前にトイレへ行きたくなった。そんな深夜に部屋を出るのは、本当に久し振りだったので少し躊躇《ちゅうちょ》した。しかし我慢できるものではない。それに変な物音が完全に止んでから、四ヵ月近くが経っている。

佐津紀は静かに引き戸を開け、廊下へ出ようとして、その場で固まった。

目の前に誰かが立っている。

それも後ろ姿で……。

何者かが十号室の真ん前の廊下に、こちらに背中を向けた状態で、まったく身動きもせずに突っ立っていた。

……遠場。

すぐに隣室の住人の名前が浮かんだ。と同時に彼女は急いで引き戸を閉め、慌てて内鍵をかけた。それだけでは安心できないので、引き戸に突《つ》っ支《か》い棒を嚙《か》ませようとした。だが、いくら室内を探しても代用できるものがない。仕方なく引き戸を両手で押さえていると、

……ほと。

目の前でノックの音が響いた。後ろ向きで立ち尽くす遠場らしき人物の、ちょうど尻《しり》の辺りである。

両手を垂らしたまま、後ろ向きでノックをしているため、そんな位置から聞こえるのだと、そのとき佐津紀は察した。もう一つ彼女が察した——というよりも思い浮かんだ——非常に厭な想像があった。

もしかすると最初にノックがあった夜から毎晩、こいつは後ろ向きのまま、実はず、っと立ち続けていたのではないか……。

こんな夜中に部屋から出ようとしたのは、本当にあの夜以来だったからだ。

……ほと、……ほと。

弱々しくも禍々《まがまが》しいノックを耳にしながら、佐津紀は夜明けまで引き戸を押さえつづけた。そして翌日から友達の家に泊めてもらい、三日後には幸福荘を出た。引っ越した先は、大学からかなり離れているアパートだった。そのため電車通学になったが、それだけの距離が彼女には必要だったことになる。

この引っ越しから大学を卒業してその地を離れるまで、佐津紀は一度として幸福荘のある方面には足を向けなかったという。

*

「えっ……終わりですか」

必死にノートを取っていた由羽希が、怪訝そうな顔で天空に尋ねた。いつの間に来たのか彼女の側《そば》には、身体を丸めた黒猫が寝ている。

「ああ、そうやけど」

屈託なく答える彼を見て、由羽希は呆れた。

「そんな……だって、何も解決してないじゃないですか」

「当たり前やろ、怪談なんやから」

「それでも、幸福荘には何か因縁があったとか、普通そういう展開になりませんか」

「あのなぁ」

天空は大きく溜息《ためいき》を吐くと、

「俺が求めてるんは、そういう有り触れた話やのうて、まったく訳が分からんけど、よう考えたら怖いと思える、まだ聞いたこともないような怪異なんや」

「私は、そんなの嫌です。怪談を聞かされ、こうしてノートに取るのは仕方ないとしても、何が起きていたのか、ちゃんと説明されないと困ります」

「いや、君の好き嫌いは関係ないやろ」

「あります」

「自分の立場が分かっとんのか」

今度は天空が呆れたようだが、やれやれという表情で、

「で、何を説明して欲しいんや」

「すべてです」

「無理に決まっとるやろ」

彼が本堂の天井を仰ぐ仕草をすると、少し考えてから由羽希が、

「だったら遠場は、いったい何をしてたんですか」

「ああ、それなら言える。ただし、なぜそんなことを、なんて訊くなよ。俺にも理由は分からんからな」

「うーん……まぁいいです」

彼女の態度を目にして、天空は何か言いたそうだったが、どうやら諦《あきら》めたらしい。

「彼が数ヵ月に一度、幸福荘の十一号室と隣の物置に、せっせと集めて持ち帰っとったんは――」

「物置もですか」

「部屋と物置、この二つの空間が、それで埋まっとったと思う」

「何です？」

「夥《おびただ》しい数の卒塔婆《そとば》や」

「はっ？　そと……」

「卒塔婆を知らんのか。うちの寺にもあるぞ」

天空が墓地の方角を見やってから、本堂の床の上に転がっているスキー板に視線を送ると、たちまち由羽希が「あっ」と声を上げた。

「お墓の側に立ててある、細長くて薄い板のことですか。なんか読めないような文字が色々と書いてあって……」

「無茶苦茶な言い方しよるな」

「あれって何です？」

「仏塔や。仏さんの塔と書く。追善供養のために――って説明しても無駄やな。追善供養いうんは、生きてる間に善行を積むことや。善行いうんは、善い行ないいう意味や」

「それくらい、私にも分かります」

「ほんまかどうか。いやいや、それで生きとる人が善行を積むと、故人の供養にもなるいう考えが、追善供養なんや」

「遠場はいったい、それを何処から……」

「全国各地の墓地からやろ」

「勝手に？」

「そらそうや。ただし、彼なりに選んでたんかもしれん。どんな基準かは知らんけど、決して褒められた行為でないんは間違いない」

「でも、何のために集めてたんです？」

「せやから最初に断ったやろ。そういう理由までは分からんて。俺に視《み》えたんは、十一号室と物置の四方の壁と窓、それに畳の上と天井とを埋め尽すほど、びっしりと並べられた卒塔婆の群れやった」

そう聞かされた瞬間、天空の「能力」は本物らしいと、ようやく由羽希は信じる気になった。それまで疑っていたわけではないが、とにかく今の話に信憑性《しんぴょうせい》を覚えたのだ。

「木藤が言っていた、料理が不味くなるという台詞も、この卒塔婆の蒐集《しゅうしゅう》と関係があったんかもしれん」

「キッチンの真上が、物置になるからですね」

彼女はノートを見返しながら、思わず納得しかけて、

「あれ……、でも変ですよ。これって十二、三年前の話なんでしょ。そのころ天空さん、まだ中学生じゃないですか。忌物であるスリッパを、手に入れられたはずありません」

「忌物の入手は、ほんの一年前や」

「なんか意味が……。どういうことです？」

　すると天空は厭な笑みを浮かべながら、

「佐津紀は大学を卒業すると、地元に帰って就職した。数年後に仕事関係で知り合った男性と結婚、子供ができたのを機に会社を退職、しばらくは専業主婦だったが、子供が小学生になると再び働きはじめた。そのころ夫婦はローンで、郊外に一戸建てを買った。その家に住みはじめて数ヵ月後のある深夜、ふとトイレに行きたくなった彼女が二階の寝室を出て、階段を下りていたとき、一番下に置かれた一足のスリッパを見つけた」

「ええっ、まさか……」

「それは学生時代に幸福荘で目にした、あのスリッパやった」

「で、でも、どうして……」

「たぶん捜してたんやろな。幸福荘を出た彼女が、何処へ行ってしもうたんか。遠場か、元は遠場やったもんか、あるいはスリッパが……」

「…………」

「それで佐津紀は、前に噂《うわさ》で聞いていたこの寺に、そのスリッパを送ってきたわけや」

「もし、そのままにしていたら……」

「新しい家でも、幸福荘で体験したような現象に、きっと見舞われてたと思う」

「結局、何なんですか」

半ば怒った口調で由羽希が尋ねると、天空は半ば諦めた様子で、

「だから言うたやろ。俺が興味を覚えるんは、そういう訳の分からん怪異なんやて。いや、そもそも怪異いうんは、説明がつかんのが当然なんや。これは何かの因縁やから、御祓《おはら》いせんと障《さわ》りがある――なんて、はっきり解釈できるんは、むしろ可怪しい。そう思わんか」

と尋ねながらも彼は、別に彼女の意見を求めているわけではないらしい。

「無理にこじつければ、卒塔婆は『塔婆《とうば》』とも呼ばれるから、彼の名字の『遠場』に通じるとも見做《みな》せる。けど、そこに意味を求めても、もちろん何もない」

「…………」

黙ってしまった彼女に、彼が素っ気なく言った。

「とにかく、これで少しは理解できたやろ」

「はっ？」

「ここの忌物に纏わる話がどういうもんで、君がどんな記録を取らんといかんのか——いうことが」

「いえ、それは……」

由羽希が文句を言うよりも早く、天空は次の忌物を手に取りながら、

「俺の前に座ったとき、この鏡を気にしとったな。よし、次はこれにしよう」

そして滔々《とうとう》と鏡に纏わる異様な怪談を、なんとも嬉しそうに語りはじめた。

第三夜

一《ひと》口《くち》告《つ》げ

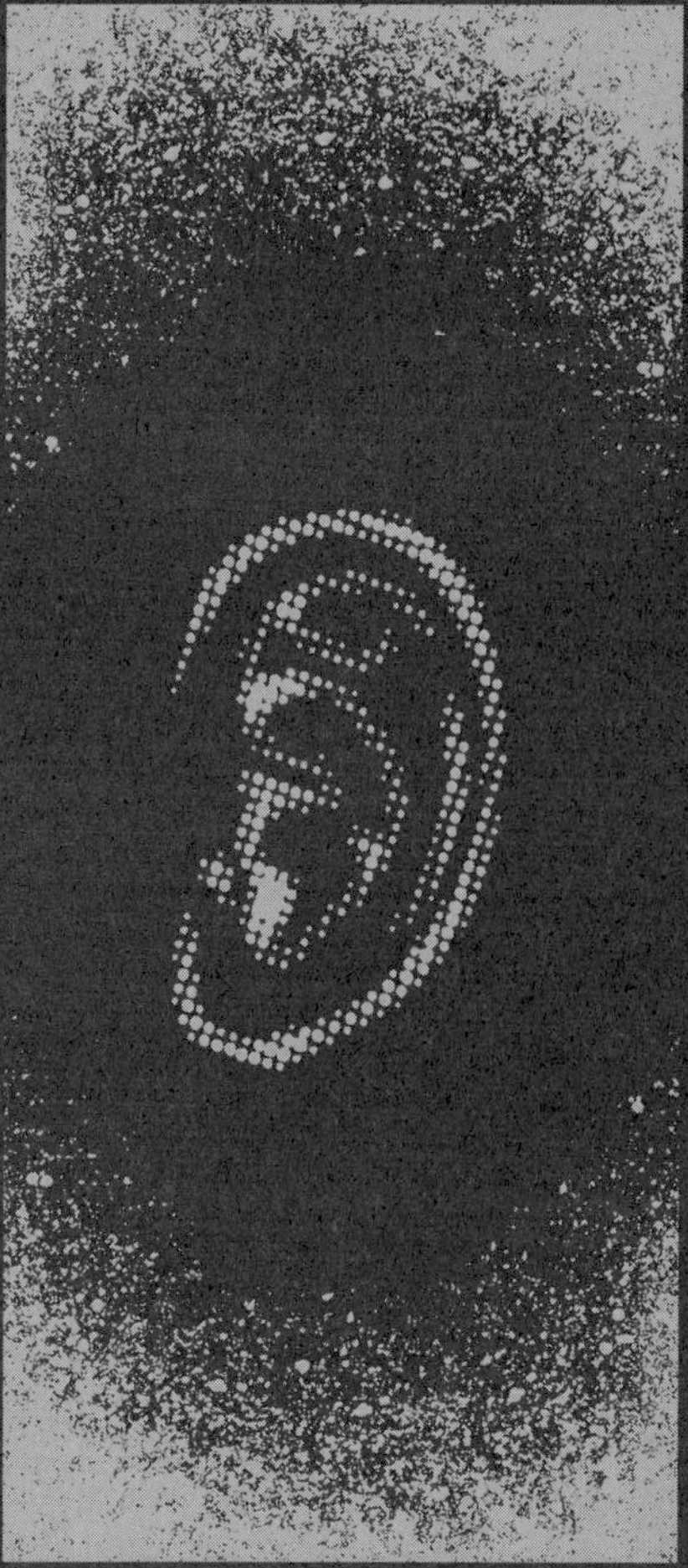

糸藻沢《しもさわ》地方の海沿いに、西から東へ向かって点在する集落を辿《たど》りながら、由羽希《ゆうき》は絶えず慄《おのの》いていた。

後ろも前も怖い……。

ずっと何かが背後から跟《つ》いてくるような恐怖と、いきなり何かが目の前に立ち塞《ふさ》がるような戦慄《せんりつ》と、その両方に彼女は襲われ続けた。いや、それだけではない。

ぎゃあぁぁぁぁっ。

突如として辺りに響き渡る怪鳥のような叫び声に、もう何度も心臓が止まる思いをしている。その絶叫も決まって彼女の真後ろか、すぐ目の前で起きるのだから、まったく生きた心地がしない。

新たな集落に入るたびに、由羽希はびくついた。村の西端に祀《まつ》られた道祖神《どうそじん》を越えたときから、東端の道祖神を通り過ぎるまで、とにかく緊張した。しかも、その間を必ず走り抜けるのである。心身にかかる負担は並大抵ではない。ほっとできるのは、集落と集落を繋《つな》ぐ連絡道路を歩くときくらいだった。

しかし今夕は、随分と増しな気がした。この二日の間、大いに悩まされた背後と前方の無気味な気配が、めっきりと減った感じがある。謎《なぞ》の雄叫《おたけ》びに関しては今のところ、まだ一度も聞こえていない。

もっとも今、自分が何集落と何集落の間にいるのか、またしても由羽希は分からなくなっている。祖父母の遠巳《とおみ》家がある西側の内之沢《うちのさわ》と、東の果ての九泊里《くどまり》との間の何処《どこ》かであることは間違いない。にも拘《かかわ》らず現在地は不明。この中途半端《はんぱ》な迷子《まいご》感が、またなんとも言えぬほど気持ち悪い。

次の集落に入ったところで、彼女は当たり前のように走り出した。ただ周囲の変化に戸惑うあまりか、これまでより自然に速度を抑えている。一刻も早く駆け抜けたいと思うと同時に、何が起きているのか見定めたい気持ちもあったからだろう。

慣れたのかな。

遺仏寺《いぶつじ》へ通うのも、もう三日目である。一日目と二日目に遭遇した悍《おぞ》ましい気配と絶叫は、かなり凄《すさ》まじかった。それに比べると今日は、あまりにも平穏と言えた。

でも……。

その代わりに薄気味の悪い体験をした。人っ子ひとり見当たらない集落の中を通っているのに、話し声が聞こえる気がするのだ。

……ぼそ、ぼそ、ぼそ。

何を言っているのか、何処で喋《しゃべ》っているのかは分からない。もしかすると家の中かもしれないが、まったく人の気配がしない家屋の内部というのも変である。どの集落内も蛻《もぬけ》の殻状態で、誰一人いないのだから……。

それなのに話し声が聞こえる。ぼそ、ぼそ、ぼそ……と喋っている。そんな気がして仕方がない。

思わず立ち止まって耳を澄ましそうになったが、ある懸念が浮かんで止めた。

そう仕向けるための、これは罠《わな》ではないのか。

誰が何のために……と続けて考えそうになり、由羽希は慌てて足を速めようとした。そのとき耳朶《じだ》に、ふっと響く囁《ささや》きがあった。

……ゆうき。

再び立ち止まりかけて、ぞくっとする。何に呼ばれたのにしろ、素直に従うべきではない。むしろ急いで、この場から逃げ去るべきだろう。

集落内の残りの道を突っ走り、連絡道路では歩き、次の集落を駆け抜けて、気がつくとお馴染《なじ》みの松林まで辿り着いていた。そこで少し休むと、あとは最後の難関である寺の石段だけになる。

ふうふうと息を吐《つ》きながら長くて急な石段を上り切ると、なんとも荒れた境内《けいだい》が、ぱっと目の前に広がった。この風景を見るたびに、回れ右をして帰りたくなる。これほど荒廃した寺に助けを求めるのは、やはり間違っているのではないか。だが今の彼女が頼れるのは、残念ながらここしかない。

由羽希が石畳の参道を歩き出すと、その先に建つ本堂の扉が少しだけ開いて、わずかな隙間《すきま》から黒猫がするっと出てきた。

にゃー、にゃー。

鳴きながら黒猫は、とっとっとっと走り寄ってくる。その様子が可愛くて、ここまでの苦労が一気に吹き飛ぶ。

「黒猫先生、また来たよ」

そう言って猫を抱き上げると、由羽希は頰《ほお》ずりをした。遺仏寺を訪れた彼女が、もっとも心穏やかになれる瞬間である。

ところが堂内から、

「こらー、開けたら閉めぇ言うとるやろ」

天山天空《てんざんてんくう》の声が聞こえ、げんなりする。愚図愚図していると早く入れと怒られるため、由羽希は黒猫を抱えたまま、残りの参道を急いで本堂へ向かった。

「おぉ、来たか」

彼女が堂内に入ると、定位置とも言える祭壇の前で天空が、穴の開いた一枚の写真を熱心に見ている最中だった。

「黒猫先生に、扉を開けたら必ず閉めるように教えろと言われても、私には無理ですから」

二日も続けて頼まれたことを、今日は口にされる前に断ろうとした。

「猫の躾《しつけ》ができたら、お前を救う手助けも、少しは早まるかもしれんのにな」

しかし、そんな風に返され、ぷっと由羽希は膨れた。

「黒猫先生を巻き込まないで下さい」

「その猫とは、俺よりも古い付き合いらしいから、どうにかなるやろ」

「いいえ、無理です」

きっぱり否定しながら彼女は、黒猫を抱いたまま天空の向かいに座った。その前に床の上の忌物《いぶつ》を片づけたのは、もちろん言うまでもない。

「それで今日は、その写真に纏《まつ》わるお話ですか」

「おっ、感心にも積極的やな」

彼が意外そうな声を出したので、由羽希は冷たく応えた。

「どうせ聞かされるんですから、早くやったほうがいいでしょ」

「偉い言われようやなぁ」

大いにぼやきながらも、天空の両目は完全に笑っている。その証拠に彼は嬉々《きき》として、写真の謂《いわ》れについて話し出した。

「これは丑《うし》の刻参《こくまい》りの藁《わら》人形と一緒に、ある神社の御神木《ごしんぼく》に深々と、五寸釘《ごすんくぎ》で打ち込まれとったもんでな」

「えっ……、忌物中の忌物じゃないですか。厭《いや》ですよ、そんな写真の話なんか」

彼女が断固として反対すると、

「うん、この話はせん」

あっさり天空が認めたので、ちょっと拍子《ひょうし》抜けした。少し強く言い過ぎたかも、と反省しかけたが、その理由を聞いて啞然《あぜん》とした。

「他人を呪《のろ》うために使《つこ》うた写真なんか、因果関係がはっきりしとって、何の面白味もないからな」

「問題は、そこですか」

一時でも反省しかけたことを、由羽希が心から悔やんでいると、

「昨日も言うたやろ。まったく訳が分からんが故《ゆえ》に、物凄《ものすご》う気味悪うて怖い話が、俺の求めとるもんやって」

やっぱり来るんじゃなかった……。

と改めて彼女は思ったが、今さら帰るわけにもいかない。昨日も最初のスリッパの話から、綺麗な壁掛け鏡、折れた孫の手、高級そうな日傘など、いくつもの忌物に纏わる怪談を聞かされ、夜遅くまでノートに記録させられた。

ここで帰ったら、あの苦労が無駄になる。

それに助けを求めに行くところが、ここより他にない。当てにしていたのは先代の住職だが、今は天空しかいないのだから仕方がない。

こんな怪談オタクでも、一応は修業を積んだ坊主みたいだし……。

忌物に対する特別な力を持っていることからも、きっと自分の役に立つに違いないと由羽希は考えた。

「誰が怪談オタクやねん」

すると当人に、いきなり睨《にら》まれたのでびっくりした。

「……あ、あれ、私、口に出してました？」

「普通に喋っとったわ」

「す、すみません」

急いで頭を下げる彼女に、天空が尋ねた。

「で、どうやった？」

「はっ、何がです？」

「ここに来るまでの道中に決まっとる」

その台詞《せりふ》を耳にして、たちまち由羽希の怒りに火が点《つ》きそうになった。ああいう怖い目に遭うのも、毎夕この寺まで通えという彼の指示のせいなのだから。とはいえ、ここは我慢するしかない。

それで正直に今日の変化を伝えたところ、

「なるほどなぁ」

明らかに納得したような反応を天空が見せたため、彼女は驚いた。

「どうして昨日までと違うのか、それが分かるんですか」

「いや、まぁ」

「だったら教えて下さい」

「そのー、なんだ」

彼は珍しく困った顔をしながら、

「知らんほうが、良いこともある」

なんとも意味深長な物言いをして、余計に由羽希を焦《じ》らせる羽目になった。

「そんな。酷《ひど》い目に遭ってるのは、私なんですよ。今ここで、はっきり言って下さい。何も教えてもらえないなら、もう二度とここへは来ません」

「いや、それよりも――」

「誤魔化そうとしても、駄目です」

「そうやない。ええか、呼ばれたような気がしたとき――」

「その話じゃなくて、砂歩《すなある》きの気配が弱まった訳を、私は知りたいんです。これって良いことなんですか」

「うん、それよりも問題がある」

「何です？」

「呼ばれたような気がしたとき、『ゆうき』って聞こえたのは、一回だけやったか」

一瞬の間があってから、彼女は答えた。

「そうでした」

「返事はしたんか」

「まさか、してませんよ」

そこで天空が、大きく息を吐いた。

「助かったな」

「どういう意味です？」

「例えば山中で『おーい』と呼ばれたり、町中で『もし』と声をかけられたり、お前のように自分の名前が聞こえたりしたとき、相手は十中八九、魔物かもしれん……いうことや」

「……そ、そうなんですか」

「魔物はな、一回しか声を出さんのや。せやから山中の場合、『おーい、おーい』と続けて呼ばれんかったときは、絶対に返事をしたらあかん。そもそも山中で『おーい』と口にするのは化物なので、人間は『やっほー』と声を出すべきやとも言われとるが、とにかく一度だけの呼びかけは要注意なんや」

「名前も？　『ゆうき』って呼ばれた気がしたのも？」

「同じや。よって昔の人は、『田吾作《たごさく》。おい、田吾作』と必ず二回、相手の名を口にしたわけや」

　よりによって名前の例が、どうして田吾作なのかと思ったが、今はそれどころではないと由羽希は無視した。

「そういう魔物のことを、または禁忌そのものを、一声呼び、一口呼び、一口声などと言うたもんや」

「あっ、ひょっとして……」

「なんや」

「昨日の幸福荘《こうふくそう》の話で、夜中に佐津紀《さつき》さんの部屋の扉を、遠場《とうば》らしきものが一回ずつしかノックしなかったのも、もしかすると同じなんですか」

「ほぉ、なかなか鋭いな」

　本当に感心したような天空の反応だったので、彼女はちょっと誇らしい気持ちになった。

「他には何も聞こえんかったんか」

「ぼそ、ぼそ、ぼそ……って、何人もが喋ってる感じはあるんですけど、どうしても聞き取れないっていうか」

「なら、橋占《はしうら》は無理やな」

「何です、それ？」

「橋を使った占いや」

「あぁ、あれですね。何本ものお箸《はし》を両手で握って、じゃらじゃらしながら左右の手に分けていくやつ」

「それは筮竹《ぜいちく》や。俺が言うてんのは箸やのうて、川に架かってる橋のほうや」

「それなら最初から、そう説明して下さい」

彼は何か口にしかけたようだが、小さく首を振ってから、

「橋占いうんは、辻占《つじうら》とも呼ばれる占いの一種や。橋の袂《たもと》や真ん中、または四辻の中央などに当事者が立って、そこを通り過ぎる人の話し声に耳を傾け、その内容によって懸案事項を占うんや」

「まったく見ず知らずの人の話が、占いの参考になるんですか」

「占いの多くは、言わば『偶然』を利用しとる。橋占の場合も、たまたま通りかかった人らの会話の中に、問題解決のヒントを見つけるわけや」

「誰も喋る人がいなかったら……」

「話し声が聞こえてくるまで、辛抱強う待つしかないな。ただ、橋占や辻占にも色々

とやり方があって、最初に耳に入った言葉ではなく、最初に通りかかった人の服装や持ち物が、占いの鍵になる方法もある。また、何番目の人に注目すべきか、事前に籤《くじ》を引いて数字を決めておいたりもする」

「でも私には、何を言ってるのかはっきり聞こえませんし、向こうの姿が見えることもありません。いえ、別に聞きたくないし、見たくもないけど……」

「そうなったら、かなり厄介やからな」

聞き捨てならない台詞が、天空の口から飛び出した。しかし先程とは違い、何が厄介なのか教えて欲しい反面、知りたくない気持ちもある。もちろん怖いからである。さらに恐ろしい思いはしたくない。

それに尋ねても、どうせはぐらかされる。だったら今日の忌物語りを早く聞いて、さっさと終わらせるほうがいい。

そんな風に考えた由羽希が、床の上に散らばった忌物たちに目をやったときである。たまたま彼も、同じ品物に目を留めたのが視線で分かった。

「あの公衆電話は、どうしてここにあるんですか」

二人がほぼ同時に見詰めたのは、公衆電話ボックスに設置されている大きな緑色の電話機だった。

「だって個人じゃ、あんなもの、ここまで送れませんよね」

疑問に思いながらも彼女は、いったい電話機だけで堂内にいくつあるのか、成り行きで数えてみた。

手回しハンドルのついた黒電話とダイヤル式の黒電話は、かなり昔のものらしい。内線ボタンが多くついたプッシュボタン式の電話機は、きっとオフィスで使われていたのだろう。公衆電話は緑色の大きな機種と、ダイヤル式の可愛らしい赤電話がある。あとは数台の携帯電話が目についたくらいだろうか。

「こうして見ると電話って、結構ありますね」

「いつの時代でも、最新の機器ってもんは、実は怪異と相性がええからな」

「そうなんですか」

彼女が驚いていると、

「さっきの橋占の話から、自然と連想した忌物があったんで、今日はまずそれから語ることにするか」

と言いながら天空は、おもむろに忌物語りをはじめた。

＊

週明けの月曜の会社帰り、上島愛理子《うえしまありこ》は〈城館〉に寄った。といっても本物の城や館ではなく、またホテルなどの宿泊施設とも違う。喫茶店でもない。そこは都内のオフィス街の中にあるのが、やや場違いに思えるアンティークショップだった。その店で散々迷った末に、シルバーの輝きが綺麗な巻貝の形のピアスを買うことにした。

店内には年代物の洋服箪笥《ようふくだんす》や大型の柱時計も見えたが、最も多かったのは中小の家具類と、彼女が購入したような装飾品である。場所柄と客層を考えると、そういう品揃えになるのかもしれない。それ故に売りとなる商品の種類はかなり充実していた。

彼女もこれまでに、貴族らしい双子の少女の肖像画、脚付きのチェスト、花弁を模したランプ、周りに蔦《つた》の装飾がある楕円《だえん》形の写真立てなどを、この店で購入している。本当はテーブル、椅子《いす》、箪笥、ベッドといったものを、すべてアンティークで揃えたいのだが、賃貸のワンルームマンションでは限度がある。手の出せる大きさが、どうしても限られてしまうからだ。

ただ、関西の地元に残っている高校時代の親友の花純《かすみ》に言わせると、

「物の大きさより、使えるかどうかのほうが、やっぱり問題やないの」

ということになる。彼女とは週末に電話する仲で、互いの近状を伝え合っていたため、愛理子が〈城館〉で何を買ったのか、友人はすべて知っている。

「アンティークに、別に実用性は求めてないから」

そう反論するのだが、花純にはあまり通じない。

「それでもチェストは一応、戸棚として使《つこ》うてるんやろ。なのに大して物が入らんかったら、ほとんど役に立ってへんてことやん」

「可愛いからいいの」

「役に立たんていうたら、花の形のランプもそうやろ」

それを言われると、愛理子も返す言葉がない。

このランプの購入後、一ヵ月の電気代が数千円も上がった。電力会社のミスだと思ったので、すぐに問い合わせた。すると向こうの社員が来て、一通り調べてくれた。その結果、以前より間違いなく電力を消費していると分かった。だが、まったく心当たりがない。「新しく購入したものはありませんか」と訊《き》かれ、最初は「ありませんと答えていたのだが、そのうちランプが目についたので、「これくらいです」と言った。

ところが、電力会社の社員がランプを検めてみると、物凄く電力を消費することが判明した。アンティーク物は気をつけないと、そういうことがあるらしい。

「けどランプは、まだ使えるからええ」

黙ってしまった愛理子に、花純《こ》は追い討ちをかけるように、

「せやけど水曜日に、衝動的に買うたいう電話は、まったく何の役にも立たへんやんか」

それは主に十九世紀のヨーロッパで使用された、受話器と送話器が別々になっている古い型の電話機だった。ただし当時の品ではなく、あとから作られたものだという。そのため値段も手頃で、良い買物をしたと喜んでいたのだが、

「通話ができん電話て、訳が分からん」

花純にはかなり不評だった。とはいえ彼女が、愛理子のアンティーク趣味を否定しているかというと違う。いずれ広い部屋に引っ越すつもりなら、それまでは我慢してお金を貯めておき、そのときに好きな家具を揃えたほうが良い。というのが彼女の意見だった。

「もっともな考えだとは思うけど……」

「そのお店で買物するんが、愛理子のストレス解消法や言うんやろ」

さすがに花純も、それについては理解してくれていた。

愛理子が六年前に短大を出て就職したのは、オフィスの事務用品の企画から製作、そして営業までを手掛ける会社である。同期入社でも四年制の大学を卒業した者は、企画部か製作部か営業部に配属されるが、短大卒の場合は総務部や経理部などの事務職になる。それは面接を受けた段階で分かっていたことなので、彼女も不満には思っていない。何より社内の雰囲気が良く、非常に働き易い職場だと喜んでいた。入社して配属された総務部で、七年目の春を迎えるまでは。

会社には一人、少し目立つ女性社員がいた。美園安比奈《みそのあいな》である。彼女が入社したのは四年前だが、四年制の大学を出ているため愛理子と同じ歳になる。会社の取引銀行の役員の娘という典型的な縁故入社らしい。そのため新入社員なら最低でも二年は経験する営業部門を、彼女は一年で免除された。「私は営業に向いていません。企画の仕事がやりたいです」とごね、それが通ったという専《もっぱ》らの噂《うわさ》だった。

しかしながら企画部にいられたのは、一年だった。同部では有り得ない短さなのだが、本当は一ヵ月で異動の話が出たと言われている。それが一年まで延びたのは、縁故採用の賜物《たまもの》だろうか。それから製作部に一年、営業事務の部署に一年いて、この春の人事で総務部に異動してきた。

入社から四年の間に、ここまで配置転換を受ければ、普通なら落ち込むだろう。だが安比奈は違った。

「私はいずれ、必ず企画部に戻ることになってますからね」

そう思い込んでいるからだと、愛理子は聞いている。ただ、これは企画部の部長にも責任があった。彼女を同部からお払い箱にするとき、体《てい》の良い言い訳として「他部署で経験を積んできてもらう」といった台詞を、部長が口にしたらしいのだ。彼女に騒がれることなく、穏便に異動を済ませるための、言わば方便である。

それを安比奈は本気にした。ちょっと冷静に考えれば、そんなはずは決してないと分かるのに。とはいえ部長の言葉を信じて、異動先の部署で新たな仕事に打ち込むことができていれば、別に問題はなかったかもしれない。しかし彼女は、どの部に配属されても同じ態度を取った。所詮《しょせん》は「腰かけ」と見做《みな》したのである。

そのため何処の部署でも、美園安比奈を持て余した。にも拘らず管理職たちは、腫《はれ》物《もの》にでも触るように扱った。そんな安比奈に対して不満を覚える者――特に女性の平社員に多かった――も当然いたが、それが社風なのか、彼女が陰で苛《いじ》められることはなかった。実は何度か、その手の行為があったようなのだが、男性社員の同情が安比奈に集まってしまい、まったく逆効果だったらしい。

色白で言動が可愛い――というのが、ほとんどの男性社員の美園安比奈評である。実際ぱっと見た感じは、男受けしそうな愛らしい顔をしている。だが、よくよく観察すると、駱駝《らくだ》に似ているような気がすると、愛理子は密《ひそか》に思っていた。彼女より綺麗な女性社員は他に何人もいたのだが、なぜか全員が大人しかった。これも社風だろうか。

仕事ができないくせに、男に媚《こ》びを売ることは忘れない――というのが、多くの女性社員の美園安比奈評である。ただし下手に彼女を弄《いじ》ると、自分の身に跳ね返ってくるかもしれない。男性社員に告げ口され、性格の悪い女と認められてしまう。そんな懼《おそ》れが、たちまち女性社員たちの間に広まった。

斯様《かよう》な経緯があったため、美園安比奈が総務部に異動してくると知ったとき、愛理子は憂鬱《ゆううつ》になった。ちょっと考えれば、彼女を盥回《たらいまわ》しできる部署は、もういくつも残っていないと分かる。総務部に押しつけられるのも、もはや時間の問題だったわけだが、実際にその人事異動が発表されると、さすがに動揺を隠せなかった。

安比奈が総務部に来た日から、二週間ほど愛理子は生きた心地がしなかった。大袈《おおげ》裟《さ》な表現ではない。

「美園さんの教育係を頼みたい」

前以《まえもっ》て部長から、そう言われたからだ。確かに愛理子は二年先輩だったが、歳は同じである。

「自分が教育するなんて、絶対に無理です」

だから即座に断ったのだが、部長は聞いてくれない。

「上島さんも総務の仕事をして、もう六年だろ。充分にベテランだよ。君なら大丈夫。きっとできるから」

ベテラン社員なら他にもいたが、恐らく誰もが嫌がったのだろう。かといって愛理子の二人いる後輩たちには、まだ荷が勝っていて頼めない。それに二人とも、安比奈より年下になる。つまり総務部内で最も無難な人選が、恐らく愛理子だったのだ。

部長が教育期間と定めた二週間は、幸いほぼ何事もなく無事に終了した。なぜ「ほぼ」なのかというと、その状況に安比奈が納得していない印象を、ずっと受け続けたせいかもしれない。その状況とはもちろん、総務部への異動であり、かつ同じ年齢の平の女性社員が、自分の教育係という屈辱である。そんな相手の気持ちが、なんとなくとはいえ確実に伝わってくるだけに、一日が終わると愛理子はどっと疲れた。

最終日の会社帰りに、ふらふらっと〈城館〉に寄った愛理子が買い求めたのが、例の必要以上に電力を消費するランプだった。彼女にしてみれば、よく二週間もあの店に行かなかったものだと、自分を褒めたいくらいである。

教育期間が終わり、総務部の業務に携わり出してから、特に安比奈が問題を起こすことはなかった。どれほど多忙なときでも絶対に残業はせず、さっさと独りで先に帰るなど、協調性に欠けるところはあったが、特に非難の声は上がらなかった。彼女が手伝わないほうが、むしろ仕事は捗《はかど》ったからだ。

このまま平穏な日々が続いて、美園さんが総務部に溶け込めればいいのに。

もしくは一年後と言わずに、すぐにでも別の部署に異動になればいいのに。

前者を願いながらも、後者の思いが捨てられなかったのは、やはり心の何処かで美園安比奈に対する警戒心が消えなかったからだろうか。

教育期間が終了して一週間ほどが過ぎたころである。もうすぐ終業時間という間際に、取引先から愛理子宛《あて》に電話があった。

「お昼過ぎにかけたとき不在だったので、折り返し電話が欲しいと伝言しておいたのに、いくら待ってもかかってこない。どういうことですか」

いきなり先方に文句を言われ、愛理子は面食らった。彼女は誰からも、まったく何も聞いていなかった。普段から礼儀作法に煩い取引先の担当者には、取り敢えず平謝りに謝罪したが、結構むっとしている様子だった。

先方が「電話に出たのは若い女性」と言っていたので、今や三人になった後輩に尋ねてみたが、誰も覚えはないという。念のために他の社員にも確認したが、同じだった。正直なところ愛理子は、安比奈を疑った。これまでの総務部に似たミスがない事実からも、彼女が怪しいと睨んだ。しかし何の証拠もない。結局、取引先の担当者との関係修復に、愛理子は苦労させられる羽目になった。

それから数日後、総務部の冷蔵庫の中に入れておいたヨーグルトを、誰かに勝手に食べられた。容器のカップには、ちゃんと愛理子の名前が書いてある。うっかり間違えられるはずがない。とはいえ「食べました?」と訊いて回ることは、さすがに恥ずかしくてできない。これも安比奈を疑ったが、やはり証拠がなかった。

ある金曜日の夜、珍しく安比奈が残業をした。そのとき残っていた女性社員の間で、営業部の課長に対する苦情が出た。全員が同じ意見らしく、かなり盛り上がった。その数日後、愛理子は直属の上司である総務部の課長に呼ばれて、やんわりと注

十五分ほど地下鉄に揺られてから乗り換え、さらに四十分少し経ったところで、T駅に着く。退社したのが六時過ぎで、〈城館〉に三十分はいたので、駅の改札を出たのは七時半だった。帰路を急ぐ勤め帰りの人々で、まだまだ混んでいる時間帯である。ただし愛理子が向かう駅の西側は、人影も疎《まば》らになる。東側の方が栄えており、マンションや住宅も多いからなのだが、故に賃貸物件も高かった。彼女が駅の西側に住んでいたのは、東側より家賃が安いせいである。

改札を出て陸橋を渡ると、ほとんどの人はエレベータに乗る。エスカレータが昇りしかないためだが、愛理子はいつも階段を使う。だから外へ出たときは、周りに誰もいなくなっていた。たまに遅く帰ってくると、この人通りのなさが、なんとなく怖くなることがある。駅の反対側と比べてしまうので、余計にそう思えるのだろう。

だが、この日は違った。〈城館〉で覚えた機嫌の良さが、ずっと続いていた。だから階段から少し離れたところに設置された公衆電話が、いきなり鳴り出したときも、ちょっと驚いただけで、自然に立ち止まっていた。その日たまたま携帯を部屋に忘れてきたことも、ひょっとすると関係あったかもしれない。普段なら無視して通り過ぎたのに、この電話に出るのが当然のように、このときは思えた。

愛理子はボックスの扉を開けると、受話器を取って応答した。

「はい」

しかし、何の返答もない。ざぁっっっ……という屋外から掛けているらしい気配が、微《かす》かに伝わってくるだけで、うんともすんとも言わない。

「こちらはK線のT駅にある、西側の公衆電話ですけど」

そこで詳しく説明したのだが、やっぱり無反応である。

「もしもし？　どちらにお掛けですか」

それでも丁寧に対応していると、

「…………」

物凄く小さな声で、何か聞こえたように思えた。

「はい？　何ておっしゃったんですか」

「……もし」

愛理子には、そう聞き取れた。「もしもし」と口にしたのに、その半分だけ耳に届いたのかもしれない。

「もしもし？」

しばらく話しかけていたが、それ以上は向こうの声が聞こえなかったので、さすがに切ろうとしたときである。

「……うけたのは、あいつ」

そんな台詞が微かに響いて、ぷつんと電話が切れた。

「今の、いったい何？」

　思わず声が出たあとで、慌てて彼女は受話器を戻すと、まるで閉じ込められるのを懼れるかのように、急いで電話ボックスから外へ出た。そのとたん、ふっと脳裏に浮かんだ文章があった。

　電話を受けたのは、あいつ。

　あいつとは、美園安比奈である。

　彼女に対する教育期間が終わった約一週間後、愛理子が席にいなかったときに掛ってきた取引先の電話について、ちゃんと伝えてもらえなかった事件があった。あの犯人は、やっぱり安比奈である――と電話の相手は言いたかったのではないか。

　でも、それって誰……。

　と疑問を覚えた瞬間、愛理子は怖くなった。公衆電話が鳴ったのも、それに彼女が出たのも、まったくの偶然である。自分にとって意味のある言葉が、そんな電話で聞けるわけがない。にも拘らず電話の相手が、真実を述べている気がするのは、いったいなぜなのか。

　たちまち彼女の項《うなじ》が粟立《あわだ》った。

　部屋を借りている集合住宅のUメゾンまで、半ば逃げるように愛理子は走って帰った。いつまでも電話ボックスの側《そば》にいたら、再び電話のベルが鳴りそうで、とにかく恐ろしかった。

帰宅した彼女は、まずシャワーを浴びた。それから夕食を作り、いつものようにテレビを観ながら食べた。

そのころには、先程の公衆電話は何処かの誰かが間違ってかけてきたもので、聞いた言葉も自分の空耳だったのではないか……と、少し冷静に考えられるようになった。相手が何か喋《しゃべ》ったのは事実だろうが、もっと別の意味だったに違いない。それを自分が都合良く解釈したわけだ。

けど……。

伝言ミス事件は、二ヵ月半以上も前のことである。あんな囁き程度の声を耳にして、とっさに結びつけるだろうか。

そうだ。もしかすると――。

空耳だと常識的に判断したことも忘れて、愛理子は自分が聞き間違えたのかもしれないと考えた。向こうが言ったのは「あいつ」ではなく、「あいな」だったのではないか。だから彼女も、すぐに例の事件を思い出せたのだとしたら。

でも、いったい誰が……。

電話の主の正体を想像しようとして、項がぞくっとした。恐る恐る後ろを振り向くが、もちろん何もない。壁際に置かれたアンティークのチェストと、壁にかけられた同じく電話が目に入るだけである。

まだ寝るには早過ぎたが、彼女は読みかけの本を持ってベッドに入った。起きていると無防備に自分の背中を曝《さら》しているようで、とにかく厭だった。しばらく読書をしていると、そのうち睡魔に襲われた。面倒だったが起きて歯磨きを済ませてから、再びベッドに入る。あとは朝まで、ぐっすり眠ることができた。

翌朝、愛理子は軽めの朝食を摂り、いつも通りに支度《したく》をして、定時に部屋を出た。しかしT駅が近づくにつれ、胸がどきどきしはじめた。もう少し歩けば、あの電話ボックスが見えるはずである。陸橋に続くエスカレータに乗るためには、あれの側を通らなければならない。

目を背けていよう。

電話ボックスが視界に入る寸前、彼女は反対側に顔を向けようとして、

……誰かいる。

硝子《ガラス》張りの内部に佇《たたず》む、長い黒髪の女性らしき人物の姿を、とっさに捉《とら》えていた。

まさか……。

あれが昨夜の電話の主なのか。だが仮にそうなら、なぜ今あの電話ボックスに入っているのか。あそこに電話をかけてきた者が、どうして今朝はそこを使用しているのか。

まったく関係のない人が、たまたま使ってるのよ。

そう考えようとしたが、これまでに公衆電話を利用している人など、ほとんど見かけたことがない。今に撤去されるだろうと、いつも思っていたくらいである。

だったら、あの女性は……。

大きく迂回《うかい》したい気持ちとは裏腹に、愛理子は電話ボックスへと寄って行った。近づくに従い、内部の女が喋っている声が聞こえ出す。電話の相手に対して、何やら怒《ど》鳴《な》っているらしい。昨夜の囁くような声音《こわね》とは、ずいぶん違っている。

なんだ……。

会話の内容が分かったとたん、愛理子は拍子抜けした。その女性は自宅に携帯電話を忘れてきたようで、母親に駅まで持ってきて欲しいと頼んでいるところだった。それを聞いてもらえなくて、どうやら怒っているらしい。

さっさと電話ボックスの横を通り過ぎると、愛理子は駅のホームへ急いだ。

その日、彼女は妙に美園安比奈を意識した。昨夜の出来事は自分の勘違いだと理解しているのに、
電話を受けたのは、あいな。

という囁きが、ずっと耳朶《じだ》から離れない。そのため本人と話すときは、変にどぎまぎしてしまった。余計な疲れを覚える一日だった。

もう十数分で退社という時刻に、会社の代表番号の電話が鳴った。二人の後輩は席を立って不在だったが、安比奈は自席にいた。ただし早くも帰り支度をしている。電話を取るのは彼女たち三人の役目だったため、愛理子は放っておいたのだが、いつまで経っても出ようとしない。

「美園さん、電話ですよ」

いつもなら注意するところだが、この日は勝手が違った。そう口にすることに、どうしても躊躇《ためら》いを覚えた。

「お待たせいたしました」

そのため電話には、愛理子が出た。会社名を名乗り、相手の用件を聞こうとした。しかし返ってきたのは、なぜか無言だった。

「もしもし、どちら様でしょうか。こちらは――」

もう一度はっきり会社名を口にしたが、やっぱり何の応答もない。

「もしもし？」

呼びかけながらも、間違い電話だろうと思っていると、
ざぁっっっ……。

野外からかけているような気配が、ふいに伝わってきた。その瞬間、昨夜の公衆電話を思い出して、受話器を持つ右の二の腕に鳥肌が立った。

「……たべたのは、あいつ」

そんな風に囁き声が聞こえたとたん、ぷつんと電話が切れた。

……食べたのは、あいつ。

冷蔵庫のヨーグルトを食べたのは、安比奈。

脳内で変換された文章が、ぱっと脳裏に浮かぶ。のろのろとした動作で受話器を電話機に戻しながら、ふと視線を感じて見やると、なんとも言えぬ顔をした安比奈と目が合った。

えっ……。

とっさに頭の中の言葉を口にしたのではないか、と自分を疑った。しかし、どうやら違うらしい。慌てて目を逸《そ》らした安比奈の様子が、それを物語っている気がした。今の彼女の態度は、恥ずかしさや怒りから視線を外したというより、恐ろしさから目を背けたように見えたからだ。

どうして……。

思わず本人に尋ねそうになったが、

「お先に失礼します」

その前に安比奈は席を立つと、元気良く退社の挨拶《あいさつ》をして、総務部のフロアから出て行ってしまった。

今のも空耳？

そう考えようとしたが、まだ耳朶には微かな囁き声が残っている。

どういうこと？

席に戻ってきた後輩の一人に、顔色が悪いと心配されるまで、愛理子は呆然《ぼうぜん》と宙を見詰めるばかりだった。

その日の帰り道、彼女は〈城館〉に寄ったものの、まったく上の空だった。いつもなら熱心に眺めて、手に取って楽しむアンティークの品々にも、ほとんど興味が持てない状態だった。そんなことは、本当にはじめてである。

T駅に着き、例の電話ボックスの側を通るとき、さすがに緊張した。だが、電話のベルは鳴らなかった。

翌朝の通勤時には同じ電話ボックスを、そして会社での仕事中には代表番号にかかってくる電話を、愛理子は意識した。ただ、前者は利用者がおらず、電話も鳴らなかった。後者は何回もかかってきたが、すべて後輩の三人が処理した。その中に可怪《おか》しい電話は、どうやら一件もないようだった。

昨日あの電話がかかってきた時刻が近くなったところで、愛理子はトイレに立った。万一のための用心である。誰もいないトイレで、一番手前の個室に座っていると、ポケットの中で携帯電話が震えた。

あれ、非通知？

画面に表示された「非通知」の文字を目にして、彼女は少し驚いた。こんなことは滅多になかったからだ。一瞬、出るのを躊躇ったが、仕事関係でないとは言い切れない。万一そうだった場合、不味《まず》いことになる。

「はい、上島です」

意を決して出たが、何の応答もない。

「もしもし？　こちらは——」

怪訝《けげん》に思いながらも、会社名と氏名を口にしたときである。

ざぁっっっ……。

あの野外からかけている気配が、いきなり伝わってきた。

「…………」

口の中がからからに渇いて、彼女が何も言えないでいると、

「……つげたのは、あいつ」

あの奇妙な声が聞こえた。それは見渡す限り何もない荒涼とした薄暗い野原で、誰かがわざと受話器から口元を離して、しかも囁き声で喋っている風に響いた。

……告げたのは、あいつ。

他部署の管理職への苦情を告げ口したのは、安比奈。

たちまち脳内で正しく変換された言葉が、ありありと脳裏に浮かんだように思えて、彼女は戦慄した。

……私、どうしたんだろう。

美園安比奈が総務部に来てから、確かにストレスを覚えることが増えた。でも、だからといって幻聴を聞いてしまうほどではない。地元や短大の友達の話には、それこそ酷いストレス塗《まみ》れの職場が多くある。第一この程度で精神を病むほど、自分の神経が柔《やわ》だとは、さすがに思えない。

だったら、これは……。

いったい何なのだと考えたところで、ふと浮かんだ言葉があった。

……本物。

電話の声は実際に聞こえており、しかも真実を告げているのではないか。

いったい誰が？

それは分からないが、きっと愛理子に事実を教えようとしているのだ。

何のために……。

と疑問を抱いたとたん、彼女は恐ろしくなった。会社のトイレの個室の中で、このまま頭が変になるのではないかと戦慄した。

急いでトイレから出ると、その日はすぐに帰宅した。

翌日からも愛理子は、この不可解な電話を受け続けた。しかも通勤途中の場合は、T駅の電話ボックスに限らなくなった。その途上にある公衆電話なら、どれが鳴っても可怪しくない状態だった。会社は代表番号に、携帯は非通知からかかってきた。

電話の内容は、それまでと同じである。この四月から、ひょっとすると安比奈の仕《し》業《わざ》ではないのか……と疑惑を覚えた出来事に、まさに当てはまるような「解答」を、電話の向こうの気味の悪い声が告げる。それが一日に一回、必ずある。

こんな電話に関わるべきじゃない……。

そのたびに一応は思うのだが、公衆電話が鳴っていると、会社の代表番号に電話がかかってくると、携帯電話に非通知から着信があると、つい期待して出てしまう。

美園安比奈の正体を暴《あば》いてやる。

そんな正義感に似た感情が、いつしか胸の奥底から熱く湧《わ》き出ている。だから、どうしても止められない。

あんな得体の知れぬ声に、耳を傾けて大丈夫なの。

いくら頭の片隅でそう感じていても、実際に電話がかかってきて、あの虚無的な声を聞いてしまうと、もう駄目だった。

自分だけが真実を知っている。

まるで宇宙の真理を悟ったかのような、なんとも大仰《おおぎょう》な気分になれる。それが堪《たま》らなく気持ち良い。

だから公衆電話にも、会社の代表番号にも、自分の携帯にも、その日まったく電話がないと、愛理子は酷く焦った。Uメゾンの部屋で、あの電話を受けた覚えは一度もない。そのためT駅まで帰ってきて、お馴染みの電話ボックスを通り過ぎてしまうと、あとは携帯を握りしめることになる。

お願い。鳴って。

祈るような気持ちで、無反応の携帯電話を持って、そのまま帰宅した日は、物凄い絶望感を覚えた。

翌日も電話はなかった。通勤で目につく公衆電話のすべての前で何分も待ち、つねに携帯電話を意識したが、まったく鳴らない。そこで会社の代表番号にかかる電話を、とにかく片っ端から取ることにしたのだが、あの声は少しも聞こえてこない。そんな失意の日々が数日も続いたあと、いきなり復活した。

それからは電話がある日と、ない日が、何の法則性もなく入り交じった。原因は不明である。そのため愛理子は、大いなる不安を覚えた。いつかこの電話は、ぷっつりと完全に途絶えてしまうのではないか。そう想像するだけで、とてつもない喪失感に囚《とら》われた。

その一方で、不可思議な電話を愛理子が取る回数が増えるにつれ、安比奈の嫌がらせが減っている事実に、遅蒔《おそま》きながら気づいた。最初は信じられなかったが、しばらく様子を見ていると、やっぱりそうだと確信できた。いや、それどころか逆に、向こうがこちらを敬遠している気配さえ感じられる。まるで触らぬ神に祟りなしと言わんばかりに、愛理子を避けているようなのだ。

電話がかからなくなったのは、この変化のせい？

それなら辻褄《つじつま》は合う。だが以前のように一日に一回、必ず電話のかかる日が連続することもあった。どうやら安比奈の態度とは、あまり関係なさそうである。

やがて、電話が告げ口をするネタがなくなり出した。するとあの声は、安比奈が過去にした恥ずべき行為を喋りはじめた。

別に私は……。

そんなことを知りたいと、愛理子は少しも思わない。それでも耳を傾けたのは、やっぱり面白かったからだ。

私は美園安比奈の秘密を知っている。

そう考えるだけで楽しい。相手よりも優位に立てている気がする。これで彼女に何をされても対応できる。

ある日の午後、上司の課長に呼ばれ、びっくりする言葉をかけられた。

「四月から上島さんも大変だったろうから、この辺で少し休んだらどうかな」

「……いえ、まったく大丈夫です」

訳が分からないながらも、実際の気持ちを伝えたのだが、課長は「休んだら」の一点張りである。

あっと思いついた彼女が、

「もしかして課長、美園さんに何か言われたんですか」

そう強く問い質《ただ》すと、最初は白を切っていた彼もついに認めた。しかも、愛理子の電話の対応が尋常ではないと、どうやら告げ口したらしいと分かった。

あの電話の声を聞かれたくないから、きっと邪魔をするつもりね。

かっと頭に血が上ったものの、愛理子は何でもないと説明しようとした。だが、電話の件を問題にしているのが、安比奈だけではないと課長に知らされ、えっ……と固まってしまった。あとの後輩二人も、まったく同じ懸念を示していると言われ、本当に愕然《がくぜん》とした。

「彼女たちだけじゃない。上島さんは疲れが溜《た》まってるに違いないと、他の者たちも心配してるんだ。私も、そう思うよ」

課長にそこまで言われると、もはや休暇を取るしかない。とはいえ愛理子は一日で充分だったのだが、

「一週間ほど休んで、その間に、実家にでも行ってきたらどうだ」

思わぬ長期の休暇を示唆され、さすがに戸惑った。

「課長、まさか私……」

「変な気を回すんじゃない。ちょっと働き過ぎだから、ここらで休んだほうが良いと、会社が言ってくれてるわけだ。素直に聞いておきなさい」

「……はい、分かりました。ありがとうございます」

どうにも納得できないながらも、愛理子は一週間の休暇の届け出を済ませた。

その日、例の電話はかかってこなかった。しばらく休めと告げられたのに、あの声を聞けなかったことに、彼女は酷く落胆した。ひょっとすると明日から一週間、まったく電話を受けられなくなってしまうかもしれないのに。

意気消沈してUメゾンに帰り、自室の扉を開けると、
じりりじりりっ、じりりじりりっ……。

室内で聞き覚えのない物音が鳴っていた。まるで何かのベルのようである。急いで靴を脱いで上がったところで、愛理子は固まった。

アンティークの電話が鳴っている。

部屋に電話回線の差し込み口はあったが、もちろん繋げていない。その前に、これは電話として機能しないはずである。あくまでも部屋の飾りとするものなのだ。そういう説明を〈城館〉では受けていた。

なのに……。

その電話に非《あら》ざるものが今、彼女の目の前でベルを鳴らしている。何者かが電話をかけてきていると、声高に訴えているのだ。

……かちゃ。

一瞬の躊躇いのあと、愛理子は震える右手で受話器を取った。そして送話器に口を近づけかけて、そんな必要がないことに気づいた。あの電話は、彼女の応えなど求めていない。そもそも会話は不可能なのだから。

「……もしもし」

それでも愛理子は呼びかけた。身についた習慣だからだろうか。

ざぁっつっ……。

お馴染みの気配が続いたあと、

……たくらんだのは、あいつ。

いつもの抑揚のない声が聞こえた。これを待っていたのだという囁きが、彼女の耳朶を心地好く打った。

……企んだのは、あいつ。

愛理子が休むように企んだのは、安比奈。

すぐさま意味の通じる文章に変換できたのも、いつも通りだった。ただし、ここで彼女はさすがに引っかかった。

この電話は使えない、アンティークの置物のはずなのに……。

やっぱり、すべては幻聴じゃないのか。

課長に言われたように、私は疲れてるのかもしれない。

ともすれば声が告げた言葉を考えそうになるのを、愛理子はなんとか我慢しつつ、すぐに熱いシャワーを浴びた。お蔭《かげ》で心身ともにすっきりしたので、そのまま小旅行の支度にかかった。明日は早起きして、実家に帰るつもりだった。

翌朝、ほとんど化粧もせず、かなりラフな格好で、愛理子は東京駅に向かった。まったく連絡をしないまま関西の実家に帰ったので、

「あんた、会社を馘《くび》になったんか」

母親は腰を抜かすほど驚いてから、本気でそう訊いてきた。

「違うよ。これは特別休暇なの」

四月に異動してきた新人の教育係を担当した褒美だと説明すると、あっさり納得したので、余計なことは言わずに済んで助かった。

その日と翌日、実家で何もせずにのんびり過ごしていると、この三ヵ月ほどに起きた奇っ怪な電話の体験が、すべて夢か幻のように思えてきた。この二日、例の電話は一度もかかってこない。

そんなに疲れてたんだ……。

肉体的にというより、やはり精神的に参っていたのだろう。自分が感じていた以上に、美園安比奈の教育係は、相当な負担だったに違いない。

地元に帰れば、花純と会ってお喋りしようと楽しみにしていたのに、こういうときに限って彼女は出張だった。それも戻りの予定が立てられない、なかなか厄介な仕事らしい。かといって花純の他に、今どうしても会いたいと思う友達もいない。仕方なく愛理子は、ぶらぶらと散歩をして、実家での三日目を送った。

ところが、昨日までは優しく接していた母親が、この三日目から少し変わり出した。年末年始やお盆の休みのときと、要は同じである。最初の二日ほどはあれこれ世話を焼くのだが、滞在が長引くに従い、そのうち小言を口にするようになる。二十五歳を過ぎてから、特に言われるのは、「まだ結婚せんのか」だった。

昔と違って二十代の後半など、まだまだ若いうちに入る。会社でも結婚していない人が多い。そう説明しても、まったく通じない。結婚よりも前に、まず彼氏を見つける必要があるのだが、その問題には触れない。なぜなら待っていましたとばかりに、お節介な親戚《しんせき》の小母《おば》さんの誰かに、お見合いの世話を頼もうという話になるからだ。

四日目の午前中に、愛理子は東京行の新幹線に乗った。母親には引き留められたが、愚図愚図していると午後にでも、親戚の小母さんが訪ねてくるに違いない。そして半ば強制的に見合いの予定を組まれてしまう。それはご免である。

T駅に着いて改札を出て、陸橋を渡って階段を下り、あの電話ボックスが目に入ったときは、さすがに緊張した。だが、その横を通り過ぎても、ベルは鳴らなかった。携帯電話も同じである。Uメゾンの部屋に帰り、アンティークの電話の前に立っても、やっぱり何も起こらない。

……終わったんだ。

このとき愛理子は心の底から、ようやく安堵《あんど》感を覚えられた気がした。実家での静養はもちろん無駄でなかったが、この部屋に戻ってきて何事もないと確かめることが、どうしても必要だったのかもしれない。

でも、それを言うなら会社にも行かないと。

一週間の休暇は、まだ三日も残っている。しかし愛理子は明日、出社しようと決めた。それで例の電話がかからなければ、もう大丈夫だときっと安心できるだろう。

翌朝、いつも通りの時間に起きると、普段と同じように準備をする。洗面も、朝食も、化粧も、服装も、すべての支度を当たり前のように熟《こな》す。それから部屋を出ようとして、壁のアンティークの電話が鳴った。

このとき受話器の向こうから、いったいどんな言葉が彼女に聞こえたのか、実は未だに分かっていない。確かなのは予定より三日も早く出社した上島愛理子が、給湯室にいた美園安比奈に襲いかかり、軽い怪我を負わせたという事実である。

当初は安比奈も、「殺されそうになった」と酷く怯《おび》えていた。だが、しばらくして落ち着くと前言を撤回し、「狭い給湯室で、ちょっと身体がぶつかっただけ」と証言を変えた。そのため警察を呼ぶかどうか迷っていた総務部の部長と課長も、単なる事故と見做し、部内だけで穏便に済ませることにした。

愛理子は数日後、会社を辞めた。馘になったわけではなく、自ら辞表を出した。そして関西の実家に戻った。その後、怪電話は鳴りを潜めたのだが、数週間もすると実家の固定電話に、再びかかってくるようになる。それが彼女の携帯や町の公衆電話まで広がるのに、あまり時間はかからなかった。

あの電話の復活は、とにかく愛理子を恐れさせたが、それ以上に慄いたのは例の声が告げる内容だった。

……したのは、かすみ。

なんと親友の花純の名前を、それは口にしたのだ。しかも今度は、はっきりと。

＊

「そ、それで？」

思わず続きをせがむ由羽希に、あっさり天空が応えた。

「回り回って相談された俺が、彼女の忌物を回収したとたん、この怪電話はぴたりと止《や》んだ」

「よく回収できましたね」

床の上に転がる各種の電話を見ながら、彼女は素直に感心したのだが、

「そんなわけあるか」

なぜか天空に呆《あき》れられた。

「えっ、だって……」

「上島愛理子の携帯や実家の電話なら、俺にも持って帰れるけど、彼女が勤めとった会社の電話やT駅の電話ボックスの公衆電話は、いくら何でも無理やろ」

「……あっ、そうか」

「それに公衆電話は、他にもあった。それを全部いうんは、まぁ有り得んわな」

「確かに」

「第一その手の忌物は、たいてい一つだけや。それが他の物に悪影響を及ぼすことはあっても、元凶を取り除きさえすれば、普通は元に戻りよる」

「だから愛理子さんが〈城館〉で買った、アンティークの電話だけを、天空さんは引き取ったんですね」

「いいや」

否定しながらも彼は、いかにも楽しそうな顔をしている。

「違うんですか」

「受話器と送話器が別々になった、昔の古い電話機が、ここの何処にある？」

そう言われて由羽希は、床の上に放置された複数の電話を、改めて繁々《しげしげ》と見回してみた。しかし該当する電話機が、まったく見当たらない。

「でも……」

「つまり〈城館〉で購入したアンティークの電話は、忌物と違うわけや」

「けど……」

「愛理子は親友の花純との電話で、それを水曜に買《こ》うたと言うとる。にも拘らず最初の怪電話があった翌週の月曜まで、購入日を含めて五日間も何もなかった。その電話がほんまに忌物やったら、これは可怪しいやろ」

「だったら、本当の忌物は……」

話を聞いていたときよりも、なんだか彼女は怖くなってきた。

「さぁ、何やろな」

それなのに天空は、この状況を面白がっているようである。

「ちゃんと教えて下さいよ」

「この堂内にあるもんや」

「そんなこと、とっくに分かってます」

由羽希は半ば怒りながらも、もう半分は怖がっていた。忌物語りを聞き終えたのに、肝心の忌物が不明のままというのは、なんとも言えぬほど気持ち悪い。

「ヒントは？」

「クイズやないぞ」

「だって天空さん、ちっとも教えてくれない――そうですよ。そもそも最初から、ここにある電話が、さも忌物であるかのように、私に誤解させる態度を、天空さんは取ったじゃないですか」

「失敬な。俺がそんなことするか」

「いいえ、しました。床の上の電話を、わざわざ見て――」

「それは君やろ。俺は単に、魔物が一声しか口にできんいう話から、この上島愛理子の体験を思い出しただけや」

そんな風に説明されると、確かにそうだった気が由羽希はしてきた。

「ごめんなさい。私の勘違いでした」

「まぁ分かれば――」

「それで、ヒントは？」

　彼は大きく溜息《ためいき》を吐くと、

「愛理子が怪電話を受けるのは、会社の行き帰りの通勤時と社内にいるときに、ほぼ限られとったことや」

「けどUメゾンの部屋でも、二度ありましたよね」

「その事実も、大きなヒントになる」

「どういう意味です？」

「それまで怪電話は、彼女の部屋では鳴らんかったのに、どうしてその二回だけかかってきたんか」

「うーん」

「まだある。最初は一日一回、必ずあった怪電話が、なぜ急に止んだんか。それから再び鳴り出したんは、どうしてか」

「会社を辞めて実家に帰ったら止んだのに、しばらくしたら復活したのも、同じ理由からですか」

「そうや。怪電話がかかってくる訳に、東京も関西も関係ない。それを言うなら、会社もそうやけどな」

「えっ……だって原因は、美園安比奈でしょ」

　すると天空は、少し言葉を選ぶように考えてから、

「上島愛理子の立場で考えれば、当然そうなる。けど怪異の側から見たら、別に何でもええわけや」

「えーっと、意味が分かりません」

「怪電話の一口告げの内容を、安比奈のことやと推測したんは、あくまでも愛理子の判断に過ぎん。その電話を受けたんが、もしも別の者やった場合、まったく違う解釈が生まれたんやないかな」

「……なんか気持ち悪い」

「まぁ怪異いうんは、そういうもんや」

「その原因の忌物って、結局は何だったんですか」

「ちっとは自分で考えろ」

「だって……」

彼は再び溜息を吐くと、

「最初の怪電話が、なぜ会社の代表番号や彼女の携帯にではなく、T駅の公衆電話にかかったのか。これも大きなヒントやな」

天空の忌物語りを必死に記録したノートを、由羽希は熱心に読み返した。すると目の前に問題の忌物が、ゆらゆらと浮かび上がりそうな感覚に囚われ、とても興奮した。だが、はっきりと姿を現しそうで、そうではない状態が続き、次第に彼女は焦り出した。

「今回の忌物の特徴を、よーう考えろ」

彼のアドバイスを耳にして、言われた通りにしたとたん、

「あっ！」

由羽希には忌物の正体が、ようやく分かった。

「ピアスですね。愛理子さんが会社帰りに〈城館〉で買った、巻貝の形のシルバーのピアスでしょ」

「正解」

子供のように楽しげに笑う天空を見て、彼女はどきっとした。しかし彼の次の台詞で、ぶすっとしてしまった。

「せやけど、気づくのが遅い」

「そんなぁ、無理ですよ」

「Uメゾンの部屋で電話が鳴らなかったのは、帰宅するとピアスを外すからや」

「彼女は帰ってすぐ、シャワーを浴びてますから、その前に外したわけか」

「しばらくして怪電話が止んだのは、他のピアスをつけるようになったからやろ。それが復活したんは、また巻貝のピアスを選んだときやろう」

「部屋に電話がかかったのは？」

「一度は会社から帰ったばかりのとき。二度目は休暇のあと、身支度をしてから部屋を出ようとしたとき。どちらもピアスをつけてたに違いない」

「実家で何も起きなかったのは、巻貝のピアスを持って行かなかったからですね」

「そう考えると辻褄が合う」

「会社で皆に、疲れているように思われたのは、どうしてです？」

「代表番号が鳴ってないのに、何度も彼女が電話に出たからやろ」

「えっ……」

「しかも彼女は、その電話で何かを聞いてる様子を見せた。そんなことされたら、誰でも心配するわな」

「最後に受けた電話で、いったい愛理子さんは何を言われたんでしょう」

「それがなぁ、さっぱり分からん」

「天空さんでも？」

ここぞとばかりに持ち上げてみたが、逆に厭な返しをされた。

「けどな、何と聞こえたんか、きっと分からんほうが、お互い身のためやと思う」

「…………」

「ただ一つ言えるんは、このままでは逃げられてしまうと、きっと思ったんやろう、いうことや」

何が……という問いかけを、辛うじて由羽希は口にせず、それ以上に気になっていることを尋ねた。

「愛理子さんは、その後どうなりました？」

「実家に帰って、向こうで再就職した。ちなみに美園安比奈も、しばらくしてから会社を辞めたらしい」

「いづらくなったから？」

「どうやろ。彼女の性格なら、そのまま辞めんそうやけど。まぁ何ぞ思うところがあったんやろ」

天空が話を締め括りそうになったので、

「でも、どうして巻貝のピアスが――」

慌てて彼女は肝心な疑問を尋ねようとしたのだが、

「怪電話をかけてきたんかは、もちろん分からん」

「ええぇ、またですか」

「せやから言うとるやろ。俺が興味を持つのは怪異そのもので、それに纏わる因縁《いんねん》とは違うてな」

と口にしたあとで、ふと彼は面白そうな口調で、

「ただ、そんな怪異を起こしたピアスの形が、巻貝やったいうんは、ちょっと意味深

長かもしれんな」

「巻貝って、耳に当てる印象があるから?」

「うん。一口告げの怪異に、なんとのう相応《ふさわ》しいやないか」

「そのピアスって、何処にあるんです?」

由羽希が期待の籠《こも》った眼差《まなざ》しで、床の上を見回しながら訊くと、天空は急に困ったような表情で、

「小さ過ぎて、実は分からん」

「無責任じゃないですか」

「失敬な。御祓《おはら》いは済んどるから、別に実物が見当たらんでも、何の問題もない」

「忌物の蒐集《しゅうしゅう》をしている以上、ちゃんと管理する責任があります。違いますか」

「……そりゃ、まぁ」

天空がやり込められている姿を見て、彼女はにんまりした。

「だいたいこんな風に、床の上に放り出しておくのが駄目なんです」

「散らかってるようでも、何処に何があるかは、おおよそ分かっとる――」

「巻貝のピアスは?」

「……分からん」

さらに由羽希がにんまりしていると、

「よし。忌物の片づけも、助手の仕事にしよう」

とんでもないことを言い出した。

「ちょ、ちょっと……」

彼女が抗議しようとするのも無視して、天空はいそいそと次の忌物を早くも物色しはじめていた。

第四夜

霊《たま》吸《す》い

珍しく由羽希《ゆうき》は集落内を歩いていた。

糸藻沢《しもさわ》地方の西端の内之沢《うちのさわ》から東の果ての九泊里《くどまり》まで、五つの集落を通り抜けて遺《い》仏寺《ぶつじ》を目指す。その日課に変わりはない。ただし彼女を取り巻く環境は、いつしか落ち着きを見せはじめていた。

後ろが怖い。歩いていると何かが跟《つ》いてくる。

前も恐ろしい。進む先に何かが立っている。

突如として辺りに叫び声が響き渡る。

ぼそぼそと忌まわしい囁《ささや》きが聞こえる。

この三日間、そういった脅威に曝《さら》されてきた。そのたびに彼女が、どれほど慄《おのの》いて怖い思いをしたことか。

ところが今日は、ほとんど煩わされていない。自分が何処《どこ》にいるのか、迷子のような感覚に陥ってしまうのは相変わらずだが、それ以外は本当に平穏だった。

昨日までは襲いくる恐怖から逃れるために、どの集落内も走り抜けていた。全速力で駆けるようにしていた。歩けるのは集落間を結んでいる、安全地帯らしい海沿いの舗装路だけだった。

しかし今は、普通に歩いている。人っ子ひとりいない集落内の道、まったく人気《ひとけ》のない家並み……という眺めは同じだったが、最早《もはや》そこに恐ろしさは感じられない。ただ空漠とした寂寥《せきりょう》感を覚えるだけである。

助かったのかな。

周囲を警戒しつつ歩きながら——辺りに漂う雰囲気は、まだ少し薄気味が悪い——それでも由羽希は淡い期待を抱いた。

遺仏寺で天山天空《てんざんてんくう》にはじめて会ったとき、彼女の身に何が起きているのか、それを調べるのに「四、五日から一週間」かかると彼は言っていた。

今日で四日目だ。

そろそろ結果が出ても可怪《おか》しくないころである。そういう時期だからこそ、怪異も消えたのではないか。この三日間に見舞われた怪現象が何一つ起こらないのは、彼女に降りかかった砂歩《すなある》きの障《さわ》りが、まさに消えかかっている証拠ではないだろうか。

そんな風に考えて安堵《あんど》する一方で、由羽希は妙に引っかかるものも感じていた。

肝心なことを忘れているような……。

いくら思い出そうとしても、それが何なのか一向に分からない。

砂歩きに関係あるような……。

一心に頭を悩ませているうちに、いつの間にかお馴染《なじ》みの石段の下に着いていた。

昨日まではここへ来る前に、ほとんど体力を使い果たしてしまう有様だった。そのため最後に石段で苦労させられたが、今日は余裕で上れそうである。上り切った先に広がる荒れ果てた境内《けいだい》が目に入っても、それほど失望しなくなっている。

いいんだか、悪いんだか。

ちょっと複雑な気持ちになっていると、参道の先から黒猫が走ってきた。とっとっとっと駆け寄る姿が、なんとも愛らしい。

「黒猫先生、今日はそんなに怖くなかったよ」

抱き上げて頬《ほお》ずりをすると、
ごろごろ、ごろごろっ。

黒猫が喉《のど》を鳴らしながら歓迎してくれる。このまま至福の一時を、本当はしばらく過ごしたい。だが天空の「本堂の扉を閉めろ」という声が、すぐに飛んでくるに違いない。そこで由羽希は参道を歩きながら挨拶《あいさつ》した。

「お邪魔しまーす」

少し間が空いてから、

「おうっ」

天空の籠《こも》った返事が届く。

由羽希が黒猫を抱えたまま堂内に入ると、これまで通り祭壇の前に座る彼の姿が目に入った。ただし昨日までと違うのは、真《ま》っ直《す》ぐ彼女を見詰めていたことである。いつもなら忌物《いぶつ》を熱心に眺めていて、こちらなど見向きもしないのに。

「あのー、どうかしたんですか」

思わず尋ねた由羽希を、なおも天空は繁々《しげしげ》と見詰めてから、

「今日は偉い元気やな」

「そうなんですよ」

彼の前に座ると、ここへ来る途中で感じた集落の変化から自分の考えまで、彼女は黒猫を撫《な》でながらも興奮気味に喋った。

「なるほど」

ところが天空の反応を見て、その興奮が一気に冷めた。

「これって、良くなってる証拠でしょ」

肯定の返事を求めて確かめたのに、

「むしろ逆やな」

信じられない返答を耳にして、目の前が真っ暗になる。

「……どういうことですか」

「怪異に遭《お》うとる段階いうんは、それと対峙《たいじ》しとる最中とも言えるわけや。しかし

な、それが認識できん状態は、そっから離れられたと見做《みな》せるときと、逆に取り込まれつつある懼《おそ》れが考えられる場合と、大きく二つに分かれる」

「わ、私は……」

「まず間違いのう後者やろう」

なまじ希望を抱いていただけに、由羽希の受けた衝撃は凄《すさ》まじかった。ちょっと立ち直れない気がした。

「そんなぁ」

しかし、ここで泣き出さないだけの芯《しん》の強さが彼女にはある。

「どうにかして下さい」

真剣な眼差《まなざ》しで天空に訴えた。

「せやから前に言うたように――」

「四、五日から一週間って、天空さんは仰《おっしゃ》いました」

「つまり一週間は、様子を見んといかん場合もあるわけや」

「まだ早いってことですか」

「その判断がなぁ、なかなか難しゅうて……」

「だったら対応できるかもしれない、ってことですよね。それなら早く――」

「いや、そう簡単には……」

　ここまでは由羽希の気負い込んだ物言いに、天空もたじたじという様子だった。しかし次の一言で、彼の態度が変わった。

「忌物の話なんか、もう聞いてる場合じゃないです」

「おい、忌物を莫迦《ばか》にするんやない」

「だって所詮《しょせん》は古びた品物じゃないですか。最初の日に聞かされた付喪神《つくもがみ》と、天空さんは違うと仰いましたが、大して変わらないと思います。目の前に出てきたら少し怖いけど、別に酷《ひど》い害があるわけじゃないし」

「ええか。付喪神と忌物は違う。前者も人に害をなす場合はあるけど、後者が齎《もたら》す大きな障りとは比べものにならん」

　天空が噛《か》んで含めるような口調で、

「それに二つは別物やと言うたが、付喪神が悪い発達を遂げて変化したのが、実は忌物やという説明もできる。それほど歴史があるわけや」

「付喪神って、室町時代のお話でしたよね。いくら何でも、そんな昔の——」

「いやいや、佐々木喜善《ささききぜん》が昭和五年に採集した話で、こんなのがある」

　天空の態度が急に変わって、嬉々《きき》とした様子で語りはじめた。

「ある夜、某家の下女が独りでおると、からりん、ころりん、かんころりん……いう気味の悪い物音がした。こりゃ化物《ばけもの》が出たと思うて、恐ろしゅうなって当家の奥さんに話すと、下女の部屋で一緒に見張ることになった。翌日の夜、二人が聞き耳を立ててると、同じ時刻に同じ物音が聞こえてきた。これで奥さんも信じたので、次の日の夜、化物の正体を見届けることにした。その夜の同じ時刻、またしても怪音が鳴ったんで、奥さんが戸の隙間《すきま》から覗《のぞ》いてみると、信じられんことに履物の化物が物置に入っていくとこやった。そこは古うなった履物を、いつも投げ棄ててた場所でな。その家では履物を粗末に扱ったせいで、履物の化物が出たわけや。この話は喜善の『聴耳《ききみみ》草紙《ぞうし》』に載っとるんやが――」

そこまで話したところで彼は、ようやく由羽希の反応のなさに気づいたのか、

「……うんまぁ、これは別に怖い話やないな」

珍しく弱気に断ったあと、

「そうや、江戸時代に纏《まと》められた根岸鎮衛《ねぎしやすもり》『耳嚢《みみぶくろ》』に、こんな話がある」

懲りずに次の話を語り出した。

「あるとき一人の男が、近くの古道具屋で竈《へっつい》を買《こ》うた。竈いうんは竈《かまど》のことや。それで煮炊きをしたんやが、買うて二日目の夜に、ふと竈に目をやって慄いた。にゅうっと竈の下から手が出とる。恐る恐る覗いてみると、なんと汚らしい身形《みなり》の法師が這《は》っとった。せやけど竈の下には薪が入れてあって、どう考えても人が入り込めんはずなんや。けど翌日の夜も同じことが起きた。気味が悪うなった男は、古道具屋に迫

い銭をして、その竈を別のものと代えてもろた。しばらくして仲間の男が、同じ古道具屋から竈を買ったと聞き、もしやと思って尋ねたところ、『恐ろしいことが起こるので夜も寝られない』と言われた。そこで自分の体験を話し、一緒に古道具屋へ行って、やはり追い銭をして別の竈に代えさせた。それでも男は気になったんで、しばらく経ってから古道具屋に行き、『あの竈はどうなりましたか』と訊《き》いてみた。すると主人が『すぐに売れましたが、また戻ってきました』と言うんで、自分たちの体験を話した。しかし主人は『うちの品物にけちをつける気か』と怒り出す。そこで『嘘《うそ》だと思うのなら、あなたも使ってみて下さい』と提案したところ、『三度も戻ってくるからには、何か因縁があるのかもしれませんね』と主人も納得してくれた。古道具屋の主人が、問題の竈を自宅の台所に据え、茶などを沸かしてから火を落とし、そっと観察しとると怪異が起きた。汚らしい身形の法師が、にゅうっと竈の下から手を出したかと思うと、辺りを這い回りはじめたんや。翌朝、主人は竈を壊した。そしたら中から金子が五両も出てきた。竈の中に金を隠したまま死んだ坊主《ぼうず》の、言わば執念が見せた怪異やったわけや」

「確かに気味の悪い話ですね」

「せやろ」

天空が子供のように得意そうな笑顔を見せたが、

「でも結果的に、お金を得られて良かった、という話じゃないですか」

由羽希が素直な感想を述べると、とたんに笑みが引っ込んだ。だが、これくらいで堪《こた》える彼ではない。

「同じく江戸時代に纏められた新井白蛾《あらいはくが》『牛馬問《ぎゅうばもん》』に、こんな話がある」

性懲りもなく別の話を語り出した。

「ある医者が、長い間ずっと空き家やった借家に引っ越した。そしたら移り住んですぐに、病の床に就いてしもうた。空き家の期間が長かったんで、きっと湿気のせいやろうと考えた医者は、自分で薬を調合して養生したんやが、なぜか一向に治らん。それどころか何かに怯《おび》えるような、苦しむような、そんな鬱々《うつうつ》とした気持ちになってしまう。そういう生活を送っておったんやが、ある日ふと気づいた。悪寒に襲われて具合が悪うなるんは、物置のほうから冷たい風が流れてくるときやないか。そこで弟子に調べさせたが、何の異常もない。次に古い仏壇を疑《うたご》うて、また弟子に調べさせたが、やっぱり異常なしなんや。ところが、その下の戸を開けてみると、古びた枕《まくら》が出てきた。それを見たとたん『これは数百年を経た古物なので、妖怪《ようかい》化しているに違いない』と医者は判断し、庭に薪を組ませて火をつけ、その中に枕を投げ入れた。すると人間を焼いたような臭いがしたいう話や」

「厭《いや》だ」

思わず由羽希が顔を顰《しか》めたので、天空は満足そうな様子を見せたが、それも長くは続かなかった。

「枕の存在に気づかなかったら、お医者さんは死んでたかもしれないけど、簡単に見つかってますよね」

「うん、まぁな」

再び天空が弱気になりかけたが、

「しかも、燃やして終わり」

彼女の次の一言で、元の彼に戻った。

「それは付喪神やったからや。相手が忌物では、そうはいかん」

「でも天空さんなら、その力を封じることができる」

「ああ、そうや」

まったく自慢もせずに、淡々とした態度で認めた様子に、逆に彼の自信の表れを感じ取って、改めて凄《すご》いなと由羽希は思った。しかし、それならば余計に彼女が見舞われている怪異について、いい加減どうにかして欲しい。

そう真剣に訴えたのだが、付喪神と忌物を蔑《ないがし》ろにしたことを、どうやら天空は許せないらしい。

「辛うじて封じたけど、いつまた復活するかもしれん、そんな恐ろしい忌物の話をしてやろう。ただし、それが何かは言わんから、自分で当ててみろ」

とんでもない提案をいきなりしてきた。

そんな時間はないんです——と由羽希は怒って断ろうとしたが、一つの決意を胸に受けることにした。

「……分かりました。その代わり忌物を当てることができたら、私が体験している砂歩きの怪異に、真面目《まじめ》に取り組んでもらえますか」

「俺は最初から真剣や」

心外だと言わんばかりの顔を彼はしてから、

「時期の問題があるんは本当や。けど、四、五日で見極められる場合があるいうんも確かやから、なんとかなるかもしれん。ええよ、約束しよう」

「ところで、ヒントはあるんでしょうね」

彼女が疑うような口調で尋ねると、

「そんなもんは、ない」

素っ気なく天空が答えた。

「そんなぁ……だったら無理じゃないですか。私は天空さんと違って、何の能力もないんですよ。不公平です。理不尽です。卑怯《ひきょう》です」

「分かった、分かった」

彼は煩そうに片手を振ってから、

「はっきりしたヒントは入れられんけど、状況証拠的なもんを混ぜながら話すから、それならええやろ」

「……はい。これまで通り、それは体験者の話なんですよね」

ところが、この由羽希の確認に、天空は邪悪な笑いを返しながら、なんとも意味深長な物言いをした。

「いいや、違う。体験者は語れんので、これは神の視点から話すことになる。忌物の視点と言うてもええんやが、それやとアンフェアになる部分もあるからな」

＊

微風《そよかぜ》の吹く気持ちの良い日だった。

ベランダから見える五月晴れの空の彼方には、宇宙船を模したデザインの飛行船が浮かんでいた。海外映画の宣伝らしい。のんびりと移動する飛行船の下では、デパートのアドバルーンが躍っている。四つの色とりどりの大きな玉が、ゆらゆらと風に揺れている。あの辺りが恐らく街の中心だろう。

一級河川を挟んだ手前の河原では、ラジコンのヘリが唸《うな》りを上げて勇ましく旋回し、複数のビニール製の凧《たこ》が空を舞う。そして子供の手を離れた真っ赤な風船が、ふわふわと気持ち良さそうに漂っている。土手には紙飛行機で遊ぶ親子連れの姿があり、その動きに驚いた鳩《はと》が慌てて飛び上がる眺めがあった。

そんな長閑《のどか》な風景が、五月晴れの昼下がりの空の下に、果てしなく何処までも拡がっているように感じられる。眺めているだけで心が洗われ、清々《すがすが》しい気分になる。

本当に気持ちの良い、五月の連休の最終日だった。

その朝の遅い時刻。

空には綿菓子のような雲が浮かび、太陽はそれを溶かしてしまいそうなほど、明るく燦々《さんさん》と照っている。

開け放たれた真南に面した大きな窓からは、心地《ここち》好い日差しと微風が入ってくる。

生命力に溢《あふ》れた陽光は、フローリングの床とソファと硝子《ガラス》製のテーブルに射し込む。光を反射させている床とテーブルの照り返しを見ると、この部屋の住人の綺麗《きれい》好きがよく分かる。高級そうな革のソファの表面も、日差しを受けて反射するほど光沢がある。

ソファの上に置かれたウルトラセブンとキングジョーのソフトビニール製の人形が、ガメラをあしらった凧を背にして、日向《ひなた》ぼっこをしているのが微笑《ほほえ》ましい。飾り棚の上の陶器の兎《うさぎ》の置物は明るく桃色に輝き、硝子ケースに入ったフランス人形は、にっこりと笑っているようである。

微風は部屋の中に静かに流れ込むと、窓際のよく手入れされた観葉植物の葉を撫で、ダイニングの花瓶に活けられたアイリスの花弁を揺らせている。

そこは賃貸マンション〈グリーン・ウィンドウ〉の五階の一室である。最寄り駅から徒歩二十分かかるが、築三年の新しい建物で、入居者は若い家族が多い。この辺りは新興住宅地として開発がはじまったばかりで、他に高層の建物もまだなく、のんびりとした風情《ふぜい》が漂っている。

実際その部屋のベランダからは、何処までも広がる青い空が見えた。すぐ眼下は灌《かん》木《ぼく》が綺麗に植えられた植林地で、その先には一戸建ての住宅の群れが並び、河原を挟んで遥《はる》か先に見える雑木林まで続いている。

交通量の少ない道路から少しメルヘンチックな装飾の門を潜ると、屋根のある広場に出る。郵便受けを兼ねた住人の表示板が、そこに設けられている。建物内に入ってすぐに受付と管理人室があり、ロビーでは常にエレベータが待機している。

各住居の玄関が面した廊下は、すべて建物の内側にあり、吹抜けになっている。廊下が少し複雑な折線を描いているのは、各住居の玄関が向かい合わないための配慮だろう。最上階のみ風雨の吹き込み防止用に庇《ひさし》があるが、以下の階は手摺《てすり》越しに下を覗けば、そのまま一階の中庭を見下ろせる。

もっとも廊下の幅が広いうえに、各部屋の玄関の前には門柱があり、門から玄関扉まで狭いながらも空間が設けられており、少々の強風や雨でも濡れない造りになっている。

門柱の表札には、「下部《しもべ》」とある。門を通って玄関の前に立つと、扉の右上に家族の名前が記された表札が見える。下部家は父親の下部明一《めいいち》、母親の友紀子《ゆきこ》、長男の聖一《せいいち》の三人家族だと分かる。

玄関を入ると掃除の行き届いたタイル張りの三和土《たたき》があり、革靴とハイヒールと運動靴とサンダルが、きちんと揃《そろ》えられている。右手の靴箱の中も、きっと整理整頓《せいとん》されているに違いない。

靴を脱いで上がった廊下には、可愛いピンクの兎と草花の柄をあしらった玄関マットが敷かれているが、まるで新品のように汚れていない。その右横のスリッパの木製ラックの上部にも、兎が彫られている。

廊下の右手の壁に、一枚の古い鏡がある。楕円《だえん》形の鏡を取り巻く装飾は凝《こ》っているが、やや曇った鏡面からは古色蒼然《こしょくそうぜん》とした雰囲気が感じられる。

その鏡の向かいに扉が一つあり、開けると六畳の洋室が現れる。入って左手にデスクとパソコン、右手には大型の本棚がある。明一が書斎として使っているらしい。

休みでも仕事をしていたのか、デスクの周囲には数冊の書籍が積まれ、プリントアウトされた書類が二つの山に分けられている。書棚の書籍は判型や出版社ごとに収納されており、明一の几帳面《きちょうめん》な性格が窺《うかが》える。部屋の装飾はシンプルながらも、落ち着いた感じを醸し出している。

本棚とデスクの間の壁に貼《は》られた、「ぼくのおとうさん」と題したクレヨン画が、部屋の雰囲気に唯一そぐわなかったが、恐らく当人は気にしていないだろう。

廊下の右手の扉は洗面所に通じている。何処も綺麗に磨かれ、清潔感が漂う。洗面台の脇《わき》にかけられたタオルには、ピーターラビットの絵が見られる。どうやら友紀子は兎が好きらしい。

洗面所の左右には、それぞれ扉がある。右手はトイレで、兎の木彫りが下がっている。ピンク色の長い耳は動き、右の耳には「使用中」、左の耳には「未使用」の文字が赤色で記されている。トイレは掃除が行き届いており、見た目にも清々しい。

トイレの向かいは浴室である。洗い場と湯船はよく磨かれ、シャンプーや石鹸《せっけん》はきちんと並べられている。風呂《ふろ》用の椅子《いす》の上に重ねられた桶《おけ》の中に、ゴムのスクリューの付いた潜水艦と水鉄砲がある。聖一の玩具《がんぐ》に違いない。ただ潜水艦の電池は切れかけており、もうあまり動きそうにはない。

洗面所を出て、そのまま廊下を進むとダイニングキッチンに入る。部屋の総面積から考えると、ダイニングの占める割合がやや広そうに映るが、そこに食卓もあるため見栄えは悪くない。システムキッチンは磨き上げられ、水回りに僅《わず》かな水滴もなく、いつでも美味しい料理が作れそうである。

この空間は左に折れており、その先はリビングになる。ちょうどL字を逆様にした格好で、ダイニングキッチンとリビングが連続している。L字の下の一辺は真南に面しており、大きな窓の外にはベランダがある。L字の突き当たりの壁には大型テレビが置かれ、その前にソファと硝子製テーブルが配されている。

ユニークなのは折れ曲がったL字の内側で、八畳の和室になっている。ダイニングとリビングとの境には段差が設けられ、ちゃんと襖《ふすま》まである。閉められた襖越しに中を覗くと、奥から手前にかけて三つの蒲団《ふとん》が敷かれている。その大きさと色合いから、友紀子、聖一、明一の順に寝ていることが分かる。三人の頭側には、掛け軸と壺《つぼ》の飾られた床の間と、蒲団を仕舞っているらしい押入の襖が見える。

リビングは少し雑然としているが、別に汚いわけではない。きちんと整理整頓をしたあとで、ちょっと散らかしました、という程度の乱れに過ぎない。就学前の男の子がいる家では、むしろ信じられないほど片づいた眺めだろう。まして今はゴールデン・ウイーク中である。それでも整っているように映るのは、友紀子の綺麗好きのせいか、その血を受け継いだ聖一があまり散らかさないためか。

とはいえ普段なら有り得ない光景が、あちらこちらに見受けられる。大型テレビの前にテレビゲーム機が放り出され、ダイニングテーブルの上にはラップに包まれたリンゴ飴《あめ》と仮面ライダーのビニール袋に包まれた綿菓子があり、ゴミ箱からはタコ焼きの容器が少し頭を覗かせている。

下部家の親子は昨夜、近くの神社で開かれた縁日にはじめて足を運んだ。昔から同じ時期に開催されているお祭りである。これまで一度も行かなかったのは、連休中は家族で旅行をしていたからだ。

ところが今年は、明一の休みが一週間あるにも拘《かかわ》らず、彼が仕事を家に持ち帰っているため、残念ながら取り止めになった。休みに入っても遊びに連れて行ってもらえなかった聖一は、ここぞとばかりに両親に甘えた。そして明一と友紀子は、そんな息子の我《わ》が儘《まま》をできるだけ聞いた。

部屋に持ち帰ったもの以外にも、聖一はラムネを飲み、射的を撃ち、玉蜀黍《とうもろこし》を食べ、金魚掬《すく》いをした。お腹が一杯になって、リンゴ飴と綿菓子を食べられなかったのは悔やまれるが、とにかく大いに楽しんだ。

もちろん彼だけではない。親子三人が仲よく一緒に、非常に愉快な一時を過ごすことができた。

帰宅してからも明一と聖一はテレビゲームをして、少し夜更かしをした。友紀子は横で微笑みながら、二人の対戦を眺めていた。

友紀子が買ったのは、長い両耳のついた兎の風船である。昨夜はダイニングの椅子の背に紐《ひも》の先を結びつけると、ぴんっと紐を張って浮かんでいたのに、早くも萎《しぼ》みかけている。皺《しわ》がよって薄汚れた白い風船を、起きてきた聖一が見れば、がっかりするだろうか。それとも風船は母親のものなので、まったく興味を示さないだろうか。

むしろ聖一が気にするのは、明一が帰り際に買った凧かもしれない。しかし、よく見ると竹の骨組みには罅《ひび》が入っている。これでは空に上げることができても、すぐに墜落するのではないか。それでも聖一がベランダから川原の光景を目にすれば、自分たちも凧上げをしようと父親に強請《ねだ》るに違いない。

昨夜とは違って美味しそうには見えないリンゴ飴、ビニール袋は膨らんだままだが中味は縮んでいる綿菓子、ろくに具が入っていなかったタコ焼きの容器、どうやら不良品らしい凧、早くも萎んでいる風船が、ささやかな祭りのあとだった。普段の下部家にはあまり縁のないものばかりが、ダイニングからリビングに散らばっている。毎年の家族旅行と比ぶべくもないが、だからこそ三人は楽しめた。すべてが新鮮に映ったからだ。

親子三人は満ち足りた気分を味わった。何気ない幸福を改めて噛みしめた。

明一は家族という存在を、自分が築いた家庭を、今更ながら愛しいと思った。自分が聖一の右手を、友紀子が左手を繋いで歩いていたとき、それはもう言い知れぬ安らぎを覚えた。

友紀子は母親として聖一への愛情を、この何気ない日常の中でさらに強く感じた。そして明一との結婚が決して間違っていなかったことを、久し振りに実感した。

聖一は今の自分が、どれほど幸福かという事実に、少しも気づいていなかった。パパとママが大好きだという幸せな気持ちの中に、ひたすら浸っているだけだった。

それぞれの想いを、妻に、夫に、子に、父に、母に、三人はわざわざ伝えなかった。あえて口に出さなくても昨夜は特に、お互いの気持ちを分かり合えていたからだろうか。

下部家の親子三人は、本当に心の底から満足していた。自分たちこそ日本で一番幸せな家族に違いないと、心底から思っていた。

今朝までは……。

最初に目覚めたのは、父親の明一だった。

彼は蒲団から起き上がって和室を出ると、まず南側の大きな窓と網戸を開けた。そうして心地好い微風を室内に入れたのだが、そこまでだった。あとは窓辺に佇《たたず》むばかりで、まったく何もしない。

こういう大人は、たまにいる。

次に起き出してきたのは、息子の聖一である。

彼は和室からリビングへ出てくると、辺りを見回しはじめた。何かを探すように、頭をあっちこっちに振っている。その視線はパパの姿を捉えていたが、当然のように無視した。そこに居ないかのように振る舞っている。

聖一はリビング中をしばらく物色したが、なかなか望みのものが見つからない。顔は無表情なのだが、そのうち苛立《いらだ》ちが態度に現れ出した。だが急に動きを止めると、数秒ほど宙の一点を見詰めたあと、ふいにキッチンへ向かった。

キッチンでも物色は続いたが、流しの下の収納スペースの戸を開けたところで、彼の双眸《そうぼう》が光った。両開き戸の裏に収納された包丁を一本、たどたどしい手つきで抜き出す。それは細長い刺身包丁だった。

まるで名刀を鑑賞するように、しばし包丁を繁々と見つめたあと、にっこりと微笑む。それまでが無表情だっただけに、その会心の笑みが愛らしい。

やはり大人より子供のほうが、順応性は高いようである。彼の頭の中は起き出したときから、すでに真っ白だった。

ところが、聖一はキッチンからダイニングへ出る途中で、包丁の柄を持ち直そうとして誤って落としてしまう。

切っ先を下に向けて、真っ直ぐ落下した包丁は、彼の右足の母趾と第二趾の間の柔らかい肉の部分に、ぶすっと突き刺さる。すぐに真っ赤な血が指の間から流れ出て、たちまち床を濡らしていく。

「あぁぁっ」

しかし聖一が痛みのあまり声を上げたのは、ほんの一瞬だった。すぐに元の無表情な顔に戻ると、自分の右足を見下ろした。何が起きたのか、まるで分かっていない顔である。

まったく普通の様子で、彼は再びキッチンへ戻りかけた。そのため包丁が刺さって釘《くぎ》づけ状態になっている右足が床を離れるとき、ぶちっと肉の切れる音がした。だが相変わらず彼は、少しも痛がる素振りを見せない。淡々とした足取りで、そのままキッチンへ戻るだけである。

改めて流しの下の両開き戸を開けると、新しい包丁を取り出す。今度は肉や魚に使う牛刀を選ぶが、聖一に包丁の知識があるわけではない。最初に目についたものを手に取っているに過ぎない。

再び得意げな眼差しで包丁を見つめたあと、聖一は両手でしっかりと柄を握り、そのまま和室へ向かう。彼がキッチンからリビングへ移動すると、フローリングの床の上に小さな血糊《ちのり》の足跡が点々と標《しる》されていく。

真南に面した和室の襖は、パパが起き出したときに開けた状態で、今も開け放たれている。大人が身体を横にして、ようやく通れるくらいの隙間だったが、もちろん聖一には余裕である。それでも静かに、そっと身体を滑り込ませる。

室内の明かりは消えている。襖の隙間から外の光が射し込んでいるものの、彼にはかなり薄暗く映っている。すぐには目が慣れないので、何度も瞬《まばた》きを繰り返す。とにかく目が利くようになるまで、ひたすら気配を殺し続ける。

聖一の目の前には、起きたせいで乱れたままのパパの蒲団が敷かれている。その向こうに同じような状態の自分の蒲団があり、さらに奥ではママがまだ寝ている。パパと彼が起き出したことに、まったくママは気づいていない。微かに鼾《いびき》を立てているほどである。

聖一は忍び足で奥まで進むと、ママの蒲団の枕元に立つ。

真剣な顔つきで、慎重に包丁を持ち替える。右の手で逆手に持つようにして、そこに左手を添えた状態で大きく振り被《かぶ》る。

それからママの顔面を目がけて、一気に振り下ろした。

ずちゃ、がちっ。

ママの左頰を刺し貫ぬき、包丁の刃先が歯茎に突き刺さった音が、聖一の耳に届く。彼の両手には得も言われぬ手応えが伝わり、思わず失禁してしまう。それは彼がはじめて体験する恍惚《こうこつ》感だった。

たちまち頭の中が真っ赤に染まっていく。

「があぁぁぁっ」

物凄い痛みを感じるや否や、声にならない叫び声と共に友紀子は飛び起きた。だが、その苦痛はすぐに消えた。それは息子に対する認識でも同じだった。

自分の目の前に、聖一が立っている。その信じられない光景を認め、両目が飛び出るほどの驚愕《きょうがく》を覚えたが、ほんの一瞬に過ぎなかった。我が子が自分に包丁を突き立てた、という状況を彼女が理解できたのは、僅か一秒にも満たなかった。

次の瞬間、友紀子の頭の中は真っ白になった。

むくっと彼女は蒲団から起き上がると、恐ろしいまでに無表情な顔で、息子の胸倉を両手で摑《つか》み、ダイニング側の襖へ思いっ切り投げ飛ばした。

ばんっ、めきめきっ。

閉まった状態の襖の真ん中を突き破って、聖一がダイニングへ転がり出る。

ごんっ。

床に頭を打ちつけたようで、鈍い音が和室まで響く。

友紀子の頭の中の真っ白な世界に、じわっと血のような赤い色が広がりはじめた。まさに歓喜の色合いである。

ひくひくと彼女の顔が引き攣《つ》り出すが、決して痛みからではない。その顔は笑おうとしていた。満面に笑みを浮かべようとしていたのである。だが包丁が邪魔だった。友紀子は自分の顔に刺さった包丁を何の躊躇《ためら》いもなく、ずちゃっと無造作に引き抜いた。

ぼた、ぼた、ぼた、ぼたっ。

ぱっくりと開いた傷口から、大量の血が流れ出し、顎《あご》から喉にかけて伝い落ちる。本物の口とは別に、もう一つ大きな口ができたようである。

途轍《とてつ》もない痛みがあるはずなのに、そんな様子を少しも見せずに、彼女は不自然に小首を傾《かし》げつつ、壊れた襖越しに、床に倒れた息子を見詰めている。

ぴくっ。

息子の身体が少しだけ動く。

その様を目にしたとたん、友紀子は自分の顔から抜いた包丁を構え直すと、まだ倒れたままの息子に向かって飛びかかっていった。

狙《ねら》いを定めたのは、息子の首筋である。

どんっ。

　そのとき突然、身体を突き飛ばされた。まだ半分ほど残っていた襖の一部を突き破り、彼女もダイニングの床の上に放り出される。倒れた息子を飛び越えて、その向こう側へと放り出された。

　ごんっ。

　友紀子も床に頭を打ちつけたため、物凄い音が室内に響く。その拍子に握り締めていた包丁が素っ飛び、床の上を滑っていく。そんな光景を視界の隅に捉えたまま、彼女は潰《つぶ》れた蛙《かえる》のような格好で倒れている。


　本当の目覚めが明一に訪れたのはいつか、それは定かではない。しかし少なくとも息子が妻に襲いかかったときには、すでに彼の頭の中は真っ白だった。

　それでも明一は、聖一が包丁を友紀子に振り下ろしている間も、そのあと攻守が逆転して妻が息子をダイニングへ投げ飛ばした瞬間も、何もせずに凝《じ》っと二人を眺めていた。

　床に頭を酷く打ちつけた聖一が立ち上がれず、顔を刺されながらも友紀子のダメージが見た目ほどではないと分かると、明一はそっと妻へ近づいていった。

　このとき聖一が少し身動きするのだが、明一には見えていない。息子に気を取られている妻の背後に回ると、力の限り突き飛ばした。

真っ白な頭の中に、少しだけ赤色が瞬いた。だが足りない。まだまだ不足している。もっと欲しい。

聖一と同じように床の上に倒れた友紀子を一瞥《いちべつ》もせずに、明一は小走りに廊下を進むと、書斎へ駆け込んだ。

目指したのは部屋の隅に立てかけてあるゴルフバッグである。その中から買ったばかりのドライバーを取り出す。まるで子供が玩具の刀を振り回すように、「やっ、やっ、やっ」という掛け声と共に、それを一振り、二振り、三振りする。

腹の底から湧《わ》いてくる力を感じる。居ても立ってもいられなくなり、ぱっと勢いよく書斎を飛び出す。

ダイニングキッチンに急いで戻る。それなのに床に倒れているはずの妻と息子の姿が、何処にも見えない。

周囲を警戒しながら、ドライバーを両手持ちにして、バットを構えるような格好で、擦り足でじりじりと進む。

すると突然、左手の和室から妻が飛び出してくる。右手に持ったアイロンを振り被りながら、彼女が突っ込んできた。

友紀子はアイロンの先端を夫の側頭部に叩《たた》き込むと、そのまま勢い余ってダイニングキッチンのテーブルに激突した。せっかく攻撃できたのに、彼女の身体もダメージを負ってしまう。

だが、その実感が友紀子にはない。むしろ頭の中の赤色の鮮明さが増したことで、より元気になったほどである。

自分を突き飛ばした夫が書斎へ行っている間に、彼女は和室へ戻って押入を開けると、手頃な凶器を物色しはじめた。アイロンを選んだのは硬さと強度、それに先端部分が尖《とが》っていたからだ。それを右手に持つと、まだ無傷の襖の陰に隠れた。

やがて戻ってきた夫が、自分と息子を探している隙を突いて、一気に和室から躍り出て殴りかかった。

アイロンを側頭部に叩き込まれた夫は、頭から盛大に血飛沫《ちしぶき》を上げて、その場で片《かた》膝《ひざ》をついた。しかし倒れずに踏ん張っている。それでもダメージは大きいらしく、一向に反撃してこない。だらだらと頭から血を流しながら、少し身体を揺らしつつ、必死に倒れまいとしている。

やはり大人の男性だけあって、あの程度の一撃では斃《たお》せないらしい。致命傷となる一打を浴びせる必要がある。

アイロンの底の部分を、がつんと夫の脳天に振り下ろすのだ。

テーブルにぶつかった拍子に、取り落としてしまったアイロンに、友紀子が手を伸ばそうとしたときだった。

たっ、たっ、たっ。

背後で響く足音に振り返ると、リビングのソファの後ろに隠れていたらしい聖一が、よろめきながらも駆けてくる。こちらに向かって一直線に突っ込んでくる。

彼の右手には、お菓子の袋などを開けるために、硝子製テーブルの上に置いてあった鋏《はさみ》が握られていた。

聖一はママへと駆け寄りながら、この鋏では致命傷を与えられないことを、ちゃんと理解している。だからこそ彼女の眼を狙うつもりだった。

右目か左目か、どちらが狙い易いだろう。

視界の右隅にはパパの姿も入っている。でも鋏をママの眼に突き立てたあと、床の上に落ちている二つの包丁のうち、どちらかを拾ってパパを襲う余裕が、きっとあるだろうと判断している。

パパよりもママの方が元気そうに見える。先に彼女の動きを封じておかなければ、安心して彼を襲えない。それにママはまだ、充分に体勢を立て直せていない。

聖一は思うように身体が動かない苛立ちを覚えながらも、そのままママに突っ込んでいった。

ママは左肩越しに振り返っているので、左目に照準を絞る。彼女の左目だけを一心に見詰めながら、一気に突っ込んでいく。

がっつん。

聖一の首が左側に傾き、どっと彼は床の上に倒れた。

明一はドライバーで、息子の頭を打った。まさにクリーンヒットである。

じーんと手に心地好い振動が伝わってくる。その震えはすぐに全身へと伝わり、小刻みに身体が感動で震え出す。

と同時に、ぱあっと真っ赤な色が頭の中に広がる。妻を突き飛ばしたときに瞬いた赤とは比べ物にならないくらいの朱色を、まざまざと鮮明に感じ取れた。

聖一は不自然に頭を傾けたまま、床の上に崩れ落ちている。

「あはっ、あはははは っ」

物凄い充実感が身体中に漲《みなぎ》る。セックス以上の快感が全身に迸《ほとばし》る。

そのまま聖一の側まで行くと、何度か素振りをしてから、フルスイングで息子の頭にクラブを叩きつける。

ぼこっという鈍い音と共に聖一の頭部が陥没して、ぐにゃっとドライバーが折れ曲がる。

見事な赤が花開く。

頭の中に何処までも広がっていく毒々しいまでの朱色。

「ほうぅうっ」

明一の口から溜息が漏れる。次の瞬間、彼は射精していた。つぅーっと口から涎《よだれ》が垂れる。白目を剝《む》いた状態で全身が痙攣《けいれん》している。

「あぁあっ」

歓喜の声が室内に木霊《こだま》する。

止《とど》めに息子を窓から突き落とすことを考えただけで、再びいきそうになる。

がごっ。

いきなり後頭部に衝撃を受け、明一は前のめりに倒れ込んだ。

自分より上背のある夫が、立っていては攻撃できない。手に持ったアイロンで後頭部をかち割ることは、かなり難しい。

そう考えた友紀子は、アイロンのコードを伸ばして手に巻きつけ、ぶんぶんと振り回しはじめた。夫が息子に気を取られている隙に、彼との距離を目算しながら、そっと近づく。あとは一気に、夫の後頭部をぶち叩くだけである。

がごっ。

大きな音がして、どっと夫が俯《うつぶ》せに倒れる。後頭骨に罅が入ったか、あるいは割れるかしたと思われるほどの、無気味な音である。

だらだらと左頬から流れる血で、友紀子は左半身を真っ赤に染めながら、用心しつつ夫に歩み寄る。相手が本当にダメージを受けていると判断できてから、彼の背中に馬乗りになる。そしてアイロンのコードを夫の首に一巡させると、ぐいぐい絞めはじめた。

たちまち夫の顔が鬱血《うっけつ》していく。それが後ろからでも実感できる。彼の身体がぴくぴくと蠢《うごめ》き、ぶるぶると全身に震えが走る。

しばらくすると急に、夫の身体から力が抜ける。ぐったりとなる。口からは泡を噴いている。血が混じっているのか、少しだけ赤い。失禁したらしくアンモニアの臭いが、ふっと鼻につく。

友紀子は眉《まゆ》を顰《ひそ》めながら目を細め、半開きの口から吐息を漏らす。

「あぁっ」

それはセックスの絶頂後の気怠《けだる》さと似ていた。頭の芯が痺《しび》れている。

どんっ。

背中に衝撃を覚えるが、何が起きたのか分からない。

パパの一撃で床に倒れながらも、聖一は必死に目を薄く開けていた。そうしてパパとママの様子を窺い続けた。

ママがアイロンをパパの頭に叩き込んで、それから馬乗りになって首を絞めている間に、どうにか聖一は立ち上がった。本当なら少しの身動きもできない状態だったが、なぜか立てた。それでも足取りは、かなり危ない。今にも倒れそうである。

キッチンの床に刺さったままになっている刺身包丁まで、どれほど遠く感じられたことか。ようやく包丁を抜き取ったが、今度はママの側まで行くのが大変だった。のろのろとした亀《かめ》のような歩みで、少しずつママに近づく。幸い彼女は恍惚状態にあり、まったく気づいていない。

聖一は胸の辺りで包丁を構えると、前のめりに倒れ込むように、全体重をかけてママに体当たりした。

どんっ、ぶずずっ。

包丁がママの身体の中に入っていく。得も言われぬ感触が、手首から腕へと伝わる。最初は弾力があったものの、すぐに柔らかい手応えが、包丁の先から直接手首に、そして腕へと伝わってくる。

冬の寒い日に、外で遊ぶと身体が冷え切ってしまう。でも夜になって、ママかパパのどちらかと一緒に入るお風呂で、十まで数えながらバスタブに浸かっていると、なんとも良い気持ちになる。

その数百倍の快感が、聖一の身体を一気に駆け巡った。

友紀子は背後からの衝撃で前のめりになりつつ、どうにか堪えた。

振り向くと真後ろに、首を歪《いびつ》な格好に傾げた息子が立っている。ゆらゆらと左右に揺れながら、それでも立っている。

何がそんなに嬉《うれ》しいのか、にこにこと笑いながら、小さな口から吐息のようなものを漏らして、そこに立っている。

彼女は苦労しながら両手を伸ばすと、息子の首を絞めた。満身の力を込めて、ぐいぐいと絞め上げる。

あっという間に息子の顔が真っ赤になる。そのまま絞め続けていると、ぼきっと首の骨の折れる音が聞こえた。

その直後、息子が覆い被さるように寄りかかってきた。思わず友紀子が後ろ向きに倒れ、背中に刺さっていた包丁が、さらに深々と突き刺さる。

「ぐふっ」

彼女の口から、最期の息が漏れた。

下部明一は家庭用アイロンで左側頭部と後頭部を殴打されたのち、そのコードで首を絞められて絶命した。

友紀子は牛刀で左頬と歯茎に裂傷を負ったあと、刺身包丁で背中を刺され、その創傷が心臓に達したために絶命した。

聖一はゴルフクラブのドライバーで右側頭部を殴打され、さらに絞首による窒息と頸椎《けいつい》の骨折のために絶命した。

三人の頭の中は真っ赤ではなく真っ黒だった。

眩《まばゆ》いばかりに射し込む陽光に照らされ、心地好く流れ込む微風に吹かれる一方、噎《む》せ返るような血と微かな糞尿《ふんにょう》の臭いが漂う中で、惨殺された三人の屍体《したい》が転がっている。

今朝、この部屋で何が起きたのか。三人のうち分かった者は誰もいなかった。

自分たちの身に何が降り掛かったのか。それを理解する前に、三人の理性は呆気《あっけ》なく弾け飛んでいた。

ましてや自分たち以外に、この部屋で変化の起きたもの、があることなど、まったく知る由もなかった。

聖一の頭の中の暗闇《くらやみ》に、ぽつんと赤い点が滲《にじ》む。

そのとたん、びくびくっと彼の身体が痙攣した。しばらく全身が震えてから、ゆらっと彼が立ち上がる。

死んでいるはずなのに、なぜか覚束《おぼつか》ない足取りで歩きはじめる。ぐらぐらの頭部を前へ垂らしながら、ぺた、ぺた、ぺたっと床の上を進んでいる。

やがて彼は、それの前まで来ると立ち止まった。

そうして最後の務めを果たした。

聖一が本当の死を迎えたのは、その直後だった。

＊

「何なんですか、この話……」

げんなりした顔を由羽希は見せながら、睨《にら》むように天空を見詰めたが、

「せやから言うたやろ、忌物を舐《な》めたらあかんて」

本人はのほほんとしている。

「スプラッタなホラー映画じゃないんですよ。しかも、子供まで酷い目に……」

「それほど忌物が、この事例では邪悪やったいうことや」

「でも、何のために……って訊いちゃ駄目なんですよね。そういう怪異があったたって

ことしか、天空さんにも分からないから」

諦《あきら》め口調で彼女が確認すると、

「この場合は違うけどな」

意外にも彼は否定した。

「えっ、意味があるんですか」

「そもそも忌物が人に障るんも、言うなれば己の存在価値の証明みたいなもんやと、まぁ言えるからな」

「ぐれた中学生みたいですね」

由羽希が身も蓋《ふた》もない言い方をしたが、天空はその譬《たと》えが気に入ったらしく、

「近いかもな。ただし、ぐれた中学生でも度の過ぎる行為をしよったら、それが犯罪になってしまうように、忌物にも人の命を奪うもんがおる」

「殺すんですね。なぜです？」

「人間の魂、生命力、エネルギーを、その忌物が喰《く》うためや」

「…………」

「そういった忌物の行為を、俺は『霊吸《たます》い』と呼んどる」

彼は漢字の説明をしてから、

「今の話に出てくる忌物も、そういう存在や。親子に殺し合いをさせて、三人の霊魂

を我が物にした。この事件の前にも、そうやって人の生命力を吸い、こいつは生きてきた」

「天空さんが、それを止めたんですね」

「ああ、そうせんかったらまた別の場所で、こいつは次の犠牲者を間違いのう物色し
とったやろな」

彼女が一心に考える仕草を見せはじめると、

「ここまでをヒントにするとして――」

天空は楽しそうな様子で尋ねた。

「忌物捜しの名探偵には、その正体が分かったんか」

しばらく間が空いてから、やや自信なげに由羽希が答えた。

「……たぶん」

「ほうっ、こりゃ頼もしいな」

茶化すような物言いだったが、それとは裏腹に彼の眼差しは鋭い。

「最初に疑ったのは、廊下の壁にかけられた鏡でした」

「なんでや」

「母親の友紀子は綺麗好きなのに、この鏡だけ曇っていたからです。つまり誰かから
もらったもので、元から曇っていて、いくら磨いても駄目だったんじゃないか。そう

考えました。鏡の忌物は、このお堂にもあったので、可能性は高いかなと」

「なるほど」

「今の天空さんの話を聞いて、改めて疑いの目を向けたのが、風呂場にあった子供の玩具です。そこには電池の切れかけた潜水艦がありました。人の生命力を吸収することで、この電池が満タンになるのかもしれないって……」

「なかなか目の付け所がええな」

滅多に褒めない天空の言葉にも拘らず、

「でも、二つとも却下しました」

由羽希はあっさり両方とも否定した。

「どうして？」

「この事件は神の視点で話すけど、忌物の視点とも言えると、天空さんは仰いました。惨劇の舞台は、主にダイニングキッチンと和室です。そうなると浴室の潜水艦には、まったく見えませんよね。かといって廊下の鏡も、死角になるところが多そうです。だから二つとも違うなぁと思いました」

「ふんふん、それで？」

今や彼は、すっかり夢中になっている。

「三番目に怪しいと感じたのは、ダイニングに飾られたフランス人形です。人の形をしたものには、霊的なものが入り込み易いって、よく言われますからね」

「その手の人形怪談は、確かに多いな」

「とはいえソファに置かれた、ウルトラセブンとキングジョーのソフビは、ちょっと違う気がしました。けどフランス人形なら、まさに打ってつけです。それが笑っているようだという描写も、なんか意味ありげですよね」

「そうやな」

「でも、これも却下しました」

天空はあからさまに、がっかりした顔を見せてから、

「その理由は？」

「このお話のあとで聞いた天空さんの説明から、一つの推理が浮かんだせいです」

「どんな？」

「はっきりとは言わずに、天空さんは暈《ぼか》しましたが、ひょっとしてこの忌物は、自ら移動するんじゃないですか」

「そこに気づいたか」

由羽希の指摘に、天空は素直に感心している。

「それは人から生命力を吸い取って、もし天空さんが阻止しなかったら、次の犠牲者を物色していたに違いない――という説明でした。つまり問題の忌物は人から人へ

と、次々と移動していっているのでは……と考えたんです」

「そのヒントを最初に出さんかったんは、俺も人が悪いな」

少しも悪いとは思っていない顔で、彼が嘯《うそぶ》く。

「その可能性に思い当ったとたん、状況証拠的なヒントとは何なのか、たちまち察しをつけることができました」

「何や」

「お話の冒頭で描写された、飛行船やアドバルーン、ラジコンヘリや凧です。すべて空を飛ぶものばかりじゃないですか。すると父親の明一が、蒲団から出てすぐにした行為にも、重要な意味があったんだと分かりました」

「何やったかな」

わざとらしく惚《とぼ》ける天空を、由羽希は気にせずに、

「まず南向きの大きな窓と網戸を、彼が開けたことです。とても気持ちの良い気候だったので、起きてすぐに窓を開けるのは分かります。でも普通、網戸は閉めたままでしょう。それを開けたのは、あとから忌物が出ていけるように、言わば脱出口を作るためだったんです」

「で、その忌物とは？」

「ここで容疑をかける物が、一気に絞り込まれます。父親の明一が買った凧か、母親

の友紀子が求めた風船か」

「どっちや」

「もちろん風船です」

「偉い自信やな。して根拠は？」

ここで由羽希は、凝っと天空を見詰めながら、

「この風船は買ったとき、ピンク色だったんじゃないですか」

「どうして？」

「友紀子は兎好きですが、特にピンクの兎がお気に入りのようだからです。玄関マットの兎も、トイレの木彫りの兎も、飾り棚の陶器の兎も、すべてピンク色でした」

「けどダイニングの椅子に結びつけられた風船は、白やったぞ」

「この話の以前に吸い取った人の生命力を、忌物が使い果たしたからです。だから親子三人に殺し合いをさせて、そのエネルギーを奪う必要があったんです」

「なるほど」

「友紀子が風船を買ったとき、その前に吸収した人の霊魂は、すでに半分になっていたんだと思います」

「それでピンク色だった？」

「恐らく風船が満腹のときは、真っ赤なんです」

再び彼女は、ひたと彼を見詰めると、

「天空さんもお話の中に、なかなか細かい手掛かりを入れますよね」

「何のことやろ」

「お話の冒頭で、五月晴れの昼下がりの空の下で、子供の手を離れた真っ赤な風船が、ふわふわと気持ち良さそうに漂っている、という描写がありました。それから今度は時を遡《さかのぼ》り、同じ朝の遅い時刻の出来事として、下部家の惨劇を話されました」

「そうやな」

「時間の経過通りに兎の風船を追うと、こうなります。昨夜の縁日で友紀子がピンク色の風船を買う。しかし当日の朝、風船は萎んで白色になっている。ところが惨劇のあと、風船は真っ赤になって空を飛んでいる」

「ということは……」

「真っ赤な風船を手放した子供とは、もちろん聖一です。絶命したはずの彼が起き上がって向かった先には、椅子の背に紐の先を結びつけられた、兎の風船があったんです。親子三人の生命力を吸い込んで、血のように真っ赤な色に変化した忌物が、結ばれた風船の紐を解かせるために、そこで待っていたのです」

「うん、正解や」

由羽希の勝ちを認めてから、天空はお話の続きを素早く語った。

*

昨夜から今朝にかけて萎んでしまった風船が、兎の両耳に当たる部分まで膨らませて、ダイニングの椅子の上に浮き上がっている。

縁日の屋台で売られていたときはピンクで、一夜明けると白くなっていた色も、今は真っ赤になっている。

風船が微かに揺らぐと、むくっと聖一の身体が起き上がり、覚束ない足取りで近づいてくる。それから苦労して、椅子に結ばれた紐を解く。あとは紐を片手に握り、大きく開け放たれた南側の窓まで行くと、ゆっくりと手放す。

青い五月晴れの大空へと、真っ赤な風船は上がりはじめる。

空には複数の凧が浮かんでいる。

その間を縫うように、ふわふわと風船は進む。

人間であれば心の奥底に誰もが持つ、邪悪な精神エネルギーを目一杯に増幅させ、それを発散させることで人死にを招く。その結果、周囲に放たれる人の霊魂を吸って、風船は生きている。

そして今、新たな犠牲者を求め、爽《さわ》やかに吹く微風に乗って、兎の風船は何処へともなく飛び去っていった。

＊

「それにしても、よう頑張ったな」

天空に褒められて、由羽希は照れた。

「初対面のときの、ぼうっとした女の子とは、偉い違いや」

だが次の余計な一言で、ぷうっと彼女は膨れたが、すぐに怒っている場合ではないと自分に言い聞かせた。

「今日ここへ来る途中で、実は引っかかりを覚えました」

「何や」

「それが分からなくて……。しかも引っかかったのは、もっと前からだった気もして、ずっと考えてたんですが……。このお話を聞いてるときに、あっと思い当たりました」

「どういうことや」

「父親の明一の休みが、一週間あったと聞いたところで、それを思い出しました。初七日が終わるまでは、夕間暮れに独りで出歩いてはならない……という砂歩きの戒めを、うっかり失念していたことを」

　天空は黙っている。

「つまり砂歩きの脅威があるのは、一週間ですよね。それなのに天空さんは、四、五日で見当をつけられるかもしれない、と仰いました。この矛盾というかずれに、きっと私は無意識に引っかかりを覚えたんじゃないかって……」

　なおも黙っている彼に、由羽希は突っ込んだ。

「どうなんですか」

「すっかり鋭なったな」

「答えになってません」

「ふむ、そこまで分かっとるんやったら、しゃあないか」

　天空は大袈裟《おおげさ》に溜息を吐くと、

「砂歩きは死者が化すもんやから、こりゃ助けられん。せやけど砂歩きに憑《つ》かれた者は、実は次の三つの状態に分かれる。一つ目は身体から魂が離れかけとる生霊《いきだま》、二つ目は他人にも害を及ぼす恐れのある幽鬼、三つ目はあの世に片足を入れとる亡者《ぼうもん》や。これを順に経る場合もあれば、一気に三つ目まで進む者もおる。もっとも亡者になってしまうと、ほとんど砂歩きと同じ脅威になるから、助けるのも容易やない。ちなみにネーミングは独自のもので、本来の意味とは違うもんもあるから――」

まだ彼が説明中だったにも拘らず、そこに彼女が割って入った。

「わ、わた、私は……」

しかし全部を言い終える前に、天空が焦って断りを入れた。

「生霊《いきだま》にもなってないから、まぁ安心せぇ」

「……良かった」

ほっと安堵したものの、相手は天山天空である。まだ隠していることがあるかもしれない。

「それにしても、そんなに個人差があるんですか」

疑い深そうに訊くと、

「砂歩きに憑かれたからいうて、誰もが命を落とすわけやない。亡者までいったらほぼ助からんけど、その前やったらまだ救えるからな」

「けど放っておいたら、症状が進むんじゃないですか」

「症状って表現は、言い得て妙やな」

「感心してないで、ちゃんと答えて下さい」

「それを見極めるためにも、四、五日ほど様子を見ようと思ったんやが……」

「そんなぁ」

悲痛な悲鳴を上げながら、彼女は訴えた。

「今すぐ、なんとかして下さい」

「せやなぁ」

天空は困った顔をしたが、少し考えたあとで言った。

「ほんなら明日、お前が持って来た忌物について、ここで語ることにするか」

祖母の副葬品だった一枚の櫛に纏わる話が、ようやく明かされようとしていた。

最終夜

にてひなるもの

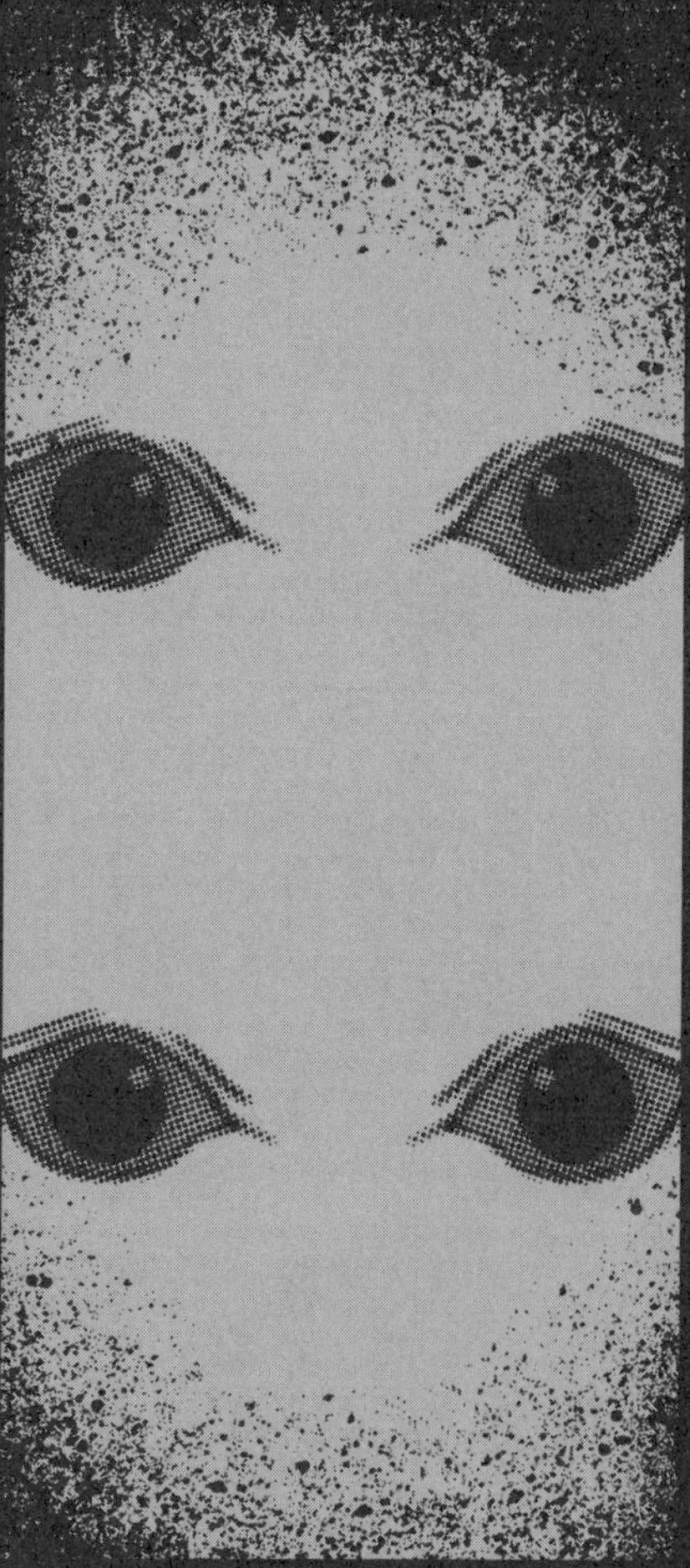

相変わらず由羽希《ゆうき》は、糸藻沢《しもさわ》地方の集落内を歩いている。祖父母の家がある西の内之沢《うちのさわ》から東の九泊里《くどまり》まで、ひたすら遺仏寺《いぶつじ》を目指して、海岸線に沿って点在する五つの集落を通り抜ける。この繰り返しを、もう五日も続けていた。

初日から三日目までは、とにかく怖くて堪《たま》らなかった。この地方に伝わる砂歩《すなある》きに襲われるのではないか……と、ずっと怯《おび》え続けていた。

ところが昨日の四日目で、なぜか急に変わった。それまでの怪異が、ぱたりと鳴りを潜めてしまった。

助かったのかな。

彼女は喜びかけたが、天山天空《てんざんてんくう》の解釈を聞いて、たちまち絶望感に囚《とら》われた。

「怪異に遭《お》うとる段階いうんは、それと対峙《たいじ》しとる最中とも言えるわけや。しかしな、それが認識できん状態は、そっから離れられたと見做《みな》せるときと、逆に取り込まれつつある惧《おそ》れが考えられる場合と、大きく二つに分かれる」

そんな説明をしたあと彼は、由羽希に関しては「まず間違いのう後者やろう」と言い放ったのだ。

人っ子ひとりいない集落の気配は、確かに薄気味悪かったが、三日間で遭った怪異の脅威に比べると、まだ充分に我慢のできる状態である。だから昨日も少しの不安感を覚えるだけで済んだ気がする。人の営みが実感できない家並みに、むしろ寂寥《せきりょう》感を抱く余裕さえあったように思える。

しかし、今日は違った。昨日と同じ風景を目にしているのに、そこから伝わってくる感覚がまったく異なっている。

淋《さび》しいんじゃなくて、恐ろしいんだ……。

何処《どこ》の集落にも誰一人いないのは、ここが異界である証拠ではないのか。かといってあの世というわけではない。

此岸《しがん》と彼岸の間に存在する空間。

そんな忌まわしい場に、自分が囚われているとしたら……。

いつしか由羽希は、なんとも悍《おぞ》ましい想像をしていた。これなら後ろから跟《つ》いてくる気配や、前に佇《たたず》む何かや、辺りに響き渡る叫びや、ぼそぼそと聞こえる囁《ささや》きなどの怪異に遭うほうが、まだ増しかもしれない。そう考えるまでになっていた。

私独りしかいない世界……。

それが本当なら、遅かれ早かれ頭が可怪《おか》しくなるだろう。自分が立てる物音しか響かない。己が発する声しか聞こえない。生きとし生けるものは自分だけ。そういう空間を永遠に彷徨《さまよ》うのだ。

ぶるっと身体が震えて、はっと彼女は我に返った。

まさか……ね。

自分の空想に怯えているのだから世話はない。内之沢から九泊里までの集落内を、いくら歩いても出られないのなら別だが、この四日間ちゃんと遺仏寺まで到達できている。

天空さんもいるじゃない。

そう考えて安心しようとしたが、逆に不安になった。

あの坊主は普通じゃないからなぁ。

彼なら異界にでも平気に出入りできるというか、そのまま当たり前のように暮らしはじめても不思議ではない。そういう人物を基準にして、とても重要な判断などできないのではないか。

あっ、黒猫先生がいる。

遺仏寺に棲《す》みついている黒猫の存在を思い出して、由羽希はようやく安堵《あんど》できた。

もしも天空がこの一連の思考の流れを知ったら、

「俺は猫より価値がないんか」

と怒り出すのは目に見えているが、もちろん彼に教えるつもりは毛頭ない。

昨日と同様、あれこれと考え事をしているうちに、石段の下に着いていた。五つの集落や海岸沿いの舗装路も含めて、すっかり馴染《なじ》みとなった眺めである。

ここを上がるのも、今日で最後かも。

だが、そう考えたとたん、苔生《こけむ》して歪《いびつ》に傾いた石の一段ずつを踏み締めることが、妙に愛おしく感じられて、由羽希は自分でも驚いた。

こんな寂れた化物寺《ばけものでら》に、また来たいなんて思うはずないのに。

納得いかない気分のまま石段を上がり切ると、にゃーという鳴き声と共に、参道の先から黒猫が駆けてきた。

「黒猫先生！」

いそいそと抱き上げながら、なんとも言えぬ気持ちになったのは、この猫のせいなのだと合点がいく。

彼女が陥っている奇っ怪な状況を、約束通り天空がなんとかしてくれたら、もう遺仏寺に通う必要もなくなる。晴れて東京の家に帰ることができる。だが、そうなると黒猫ともお別れである。ここを再訪するまで完全に存在を忘れていたくせに、こうなると離れたくないと思ってしまう。

にゃ。

由羽希の気持ちを知ってか知らずか、黒猫は短く鳴いたあと、凝《じ》っと彼女を見上げている。それが「行くな」と引き留めているようにも、「またな」と慰めているようにも映る。どちらにしても涙腺《るいせん》が緩みそうになる。

「あのなぁ」

そこへ天空の、呆《あき》れたと言わんばかりの声が聞こえた。いつも通り本堂の中からと思って由羽希が顔を上げると、珍しく外の廊下に立っている。

「あれ、ご自分で扉を閉めに出てきたんですか」

黒猫が開けたままにする本堂の扉について、これまで彼は、なぜか彼女に苦情を訴えていたのだが、ようやく諦《あきら》めたのか。

「んなわけあるか」

しかし天空は再び呆れた声を出すと、

「さっさと入れ」

ぷいっと本堂に戻ってしまった。

「もう、何なんですか」

黒猫を抱いたまま由羽希も本堂に上がると、すでに天空は祭壇の前に座っている。いつも通り彼の前に腰を下ろしたところで、

「自分の置かれた状況が、お前は分かっとるんか」

いきなり小言を食らった。

「だって……」

「まだ何も解決しとらんのに、猫と別れを惜しむ奴があるか」

「でも……」

「そんな暇があったら、俺から忌物の話を聞くんがほんまやろ」

「忌物の件は――」

「だいたいお前は――」

「忌物の件は、昨日で終わったはずです」

はっきりとした物言いを由羽希がすると、天空が言葉に詰まった。

「それに私の置かれた異様な状況が、自分自身でも理解できないのは、天空さんが教えてくれないからじゃないですか」

「他人《ひと》のせいにするな」

「何が起きてるか分からなくて怖いからこそ、ここを訪ねたんです。それなのに――」

「せやから言うとるやろ。その尋常でない状況を見極めるためには、それなりの時間が必要なんやて」

「だったら私が、自分の置かれた状況をまったく理解できないのも、仕方ないんじゃありませんか」

「……せやな」

少し考えて思わず肯定してから、いやいや違うとばかりに天空は首を振った。

「俺が言うとるんは、今日で決着をつけようという大事なときに、あまりにも弛《たる》んどるんやないかってことや」

「そんなつもりは……」

「まぁええ」

そこまでのやり取りを、彼はあっさり打ち切ると、

「で、今日はどうやった？」

「……それが昨日と、ほとんど変わりませんでした」

理不尽な小言を受けたと、まだ由羽希は怒っていた。とはいえ遺仏寺に助けを求めに来たのは、彼女である。ここは堪《こら》えるしかない。

私って、大人だなぁ。

自分自身を褒めていると、

「それだけか。他には何も感じんかったんか」

まるで鈍感な人みたいに言われ、かちんときた。反撃しようとしたところへ、

「周りの雰囲気はどうやった？　辺りはどう見えたんや」

そう問いかけられて、あっと声が出そうになった。

「何ぞ感じたことがありそうやな」

由羽希の表情の変化を逸早《いちはや》く読み取ったのか、天空が重ねて突っ込んできた。

「実は――」

此岸と彼岸の間に存在する空間……。そんな異界にいるような気がしたことを、素直に彼女は話した。

「ほうっ」

それなのに天空の反応が謎《なぞ》だった。面白がっているのか、感心しているのか、ただの相槌《あいづち》に過ぎないのか、少しも分からない。

「これって、良くないんですか」

不安のあまり慌てて尋ねたが、その返答にさらに不安を煽《あお》られた。

「見方によるなぁ」

「ど、どういう意味です？」

「お前の隠れとった異能が発揮された、いう見方をすれば、これは凄《すご》いことや。誰もが持てる能力とは違うからな」

「へぇぇ、そうなんですか」

自分が特別な人間のように思えて、ちょっと誇らしくなる。だが、すぐに別の見方だとどうなるのか、それが気になり出した。

「しかし、まったく反対の方向から見たら――」

天空が鋭い眼差《まなざ》しで、覚悟を求めるように由羽希を見詰めながら、

「すでにお前があの世に片足を突っ込んどる、いう風に見えるやろな」

「えっ……」

彼女は頭が混乱した。昨日、彼から聞いた砂歩きの説明では、「生霊《いきだま》にもなってないから、まぁ安心せぇ」と言われた。

でも……。

あの世に片足を突っ込んでいるという状態は、砂歩きの三形態とも言える生霊《いきだま》、幽鬼、亡者《ぼうもん》のうちの、もっとも重い三番目に当たるのではないか。

急いで彼女がその懸念を伝えると、

「うん、せやな」

あっさり天空が認めた。

「だ、だって昨日、まだ生霊《いきだま》にもなってないって、はっきりと……」

「ああ、ありゃ嘘《うそ》や」

まったく信じられない返答を、少しも悪びれることなく彼が口にした。

「な、なっ……」

驚きと怒りと恐れが混濁して、満足に言葉が出てこない。

「すべては、お前のためや」

しかも天空は、それが由羽希のことを考えて吐《つ》いた嘘だと、しれっとしている。

「ど、どうして……」

彼女は必死に訊《き》き質《ただ》そうとした。

「そんな嘘が、わ、私のために、なるんです？」

「怪異の直中《ただなか》におるとき、ある意味もっとも安全なんは、それに気づかんことや」

「はっ？」

「もちろん時と場合によるけど、ほとんどの怪異は、こっちが相手をせんかったら、自然と離れていきよる」

「だから私が、意識をしないように……」

「何も教えんかったわけや」

そう聞いて安堵しかけたが、すぐに大いなる疑問が頭を擡《もた》げた。

「何も知らなかったお蔭《かげ》で、砂歩きは私から離れたんですか」

「そんな甘いもんやない」

「だ、だったら……」

そもそも嘘を吐く意味が全然ないではないか、という由羽希の不満と疑いを感じ取ったのか、

「砂歩きに憑《つ》かれとる状態は変わらんけど、それを完全に認識しとるんと、半分も分かっとらんのとでは、お前の受ける影響が大きく違ってきよる」

「……そうなんですか」

「譬《たと》えて言えば、不治の病に冒されとる人が、その事実を知ることで病状が進行する場合があるけど、知らんかったら悪化を抑えられるケースもある、いうことやな」

「へ、変な譬えは、や、止めて下さい」

怒りながらも怯えつつ訴えたところで、急に彼女は根本的な疑問に思い当たり、とても厭《いや》な予感を覚えた。

「……そうなると、私がここへ来たときは、いったいどの状態だったんですか」

すると天空は、急に思い出し笑いをしたような顔になって、

「お前とはじめて会《お》うたときに、俺が『遠巳《とおみ》家のゆうきか』って言うたんを覚えとるか」

「はい。どうして私の名前を、この人は知ってるのかって……」

あのときの疑問を口にしかけたところで、はっと彼女は悟った。

「あれは私の名前の『由羽希』じゃなくて、砂歩きの二番目の状態を指す、そっちの『幽鬼』だったんですか……」

「そうや」

「だから天空さんは、そのあとで改めて私の名前を尋ねた。それで『由羽希』だと分かったとたん、その偶然の一致に、あんなに笑った……」

「ああ、あれにはびっくりしたな」

「ひ、酷《ひど》いです！」

由羽希が怒りを露《あらわ》にすると、にゃーと黒猫が宥《なだ》めてくれた。お蔭で少しだけ癒《いや》されたが、次の天空の台詞《せりふ》で、再び頭にきてしまった。

「そもそも変やとは、これっぽっちも思わんかったんか」

「何がです？」

ほとんど喧嘩《けんか》腰である。

「この五日間、お前は何処にいたんや」

「ここに決まってるじゃないですか」

「寺に来る前は？」

「集落を通り抜けてました」

当たり前の事実を訊くな、と言わんばかりにむっとして答えると、さらに彼が突っ込んできた。

「その前は？」

「祖父母の家に……」

と答えかけて、ここで彼女は思わず困惑した。

……あの家に、私は泊まってた？

「もしも遠巳家に、ほんまにお前が滞在しとったんなら、一度くらい家の話が出てもええと思わんか」

天空の問いかけに、確かにそうだと頷く自分がいる。

「いえ、その前に……」

急速に怒りが冷めていく中で、由羽希は冷静に応えていた。

「私が祖父母の家に泊まりたいと考えたかというと、恐らく違います」

「とはいえ夏でもないのに、この地方で開いとる民宿なんか、まぁない。つまりどうあっても、遠巳家に宿泊するしかなかったことになる」

「だとしたらなおさら、祖父母の家の話を、間違いなくここでしたはずです」

「けど、まったくしとらん」

「それ以前に、あの家に泊まってた記憶が……」

少しもないと改めて認めたとたん、遅蒔《おそま》きながら怖くなった。自分が幽鬼と化している事実を知らされた瞬間は、とっさに覚えた怒りのせいで感じなかった恐怖が、今になって一気に襲ってきた。

「これで分かったやろ」

そんな彼女の気持ちも知ってか知らずか、天空が絵解きめいた話を続けている。

「お前が砂歩きやと恐れた存在は、集落の人たちの気配やった」

「そして私こそ……」

「そう、砂歩きやった」

「……」

「正確に言うと、魂が離れかけとる生霊《いきだま》から、他人にも害を及ぼす恐れのある幽鬼へと、ちょうど変化しとる最中になるな」

「そんな状態で私は、この地方の集落を彷徨ってたんですか」

「お前が感じた背後や前方の気配も、周囲の悲鳴や囁きも、集落の人たちが砂歩きに覚えた恐怖の反応やった」

「……」

「せやから寺に来れるんは、どうしても夕方になったわけや」

なぜなら砂歩きが出没するのは、逢魔《おうま》が時だったからである。

「ちょっと待って……」

ここまでの天空とのやり取りを振り返り、またしても由羽希は厭な予感を覚えた。

「それが本当なら、四、五日から一週間も、どうして様子を見ようとしたんですか。

そんなことしてる間に、私は幽鬼から亡者へ、さらに変化してしまうかもしれないのに……。いえ実際に、もう亡者になってるんですよね」

「一口に、忌物と言うても――」

天空が説明しようとしても、まったく耳に入らない。

「どうして……。どうしてもっと早く、助けてくれなかったんですか」

「せやから――」

「亡者までいったらほぼ助からないって、その前だったらまだ救えるって、天空さん言ってましたよね」

「あのな」

「ああぁっ！」

彼女は悲鳴に近い声を上げると、

「ま、まさか天空さんは、私に忌物の話を聞かせて、その記録を取らせるためだけに、わざと五日も放置したんじゃ……」

「どんだけ俺は、鬼やねん」

彼は呆れたように天を仰ぎながら、

「忌物と一口に言うても、そら色々あるんや。砂歩きもそうや。ところがお前の場合は、遠巳家の刀自《とじ》の副葬品やった櫛《くし》いう曰《いわ》くのある忌物に、砂歩きが加わっとるいう複雑な状態やった。とても一筋縄ではいかん、非常に希《まれ》なケースや。さすがの俺でも、すぐには対応できん。せやからお前の置かれとる状況をじっくり観察して、その間に対処を考えるしかなかったんや」

「……ほんとに？」

「ああ、ほんまや。お前の相手をしとらん間、ずっと俺は櫛を調べとった。忌物に砂歩きの影響が出たせいかどうか知らんが、櫛から情報を読み取ることが、いつものようにはできんかった。まったく苦労したで」

「つまり今は……」

ようやく仄《ほの》かな希望の火が、ぽつんとだが由羽希の胸に点《とも》る。

「うん、ちっとは分かるようになった。これでお前に何が起きたんか、はっきりするやろ。そしたら如何《いか》なる処置を取るべきか、それも見当がつけられると思う」

そう言いながら天空は、祭壇横の隅に置かれた年代物の金庫を開けると、その中から例の櫛を取り出した。

「その金庫って……」

彼女が説明を求めて指差すと、

「まだ御祓《おはら》いの済んどらんもの、祓いはしたけど用心するに越したことのないもの、そういう忌物が入っとる」

彼が厄介そうに答えた。つまり祖母の櫛も、そのお仲間ということらしい。

「ほんとに大丈夫なんですか」

やっぱり不安になって尋ねる彼女に、

「たぶんな」

なんとも心細い返事を天山天空は返すと、そこから宮里《みやざと》由羽希自身の物語を語りはじめた。

＊

その日、家には由羽希しかいなかった。

母親は祖母の通夜と葬儀に出るために、昨日から糸藻沢地方の遠巳家へ行っている。葬儀が終わると同時に、どんなに遅くなっても良いので、すぐに帰宅したい。それが母の本心だと思うが、さすがに無理だったのだろう。結局、二泊三日の予定で出かけた。

実の親の葬儀なんだから、普通はもっと実家にいるよね。

由羽希はそう考えたが、もちろん母親には言わなかった。だが、そんな彼女の気持ちを察したのか、

「最近はね、葬儀のあとに、もう初七日もやってしまうの。また一週間後に集まるな

言えない。

だから本当なら一泊二日でも充分なのだと、どうやら母親は主張したいらしい。しかし由羽希が感じたのは、もちろんそういうことではない。だけど、やはり母親には言えない。

「でも、それって初七日の意味があるの？」

そこで葬儀後に行なう初七日を、その代わりに問題視したのだが、

「日本の仏教なんて、とっくの昔に形骸化《けいがいか》してるじゃない」

あっさりと母親に片づけられた。

由羽希が気にしているのは、とはいえ実の親の葬儀はやっぱり別ではないのか、という想いである。しかし少しも通じていない。それとも分かったうえで、あえて無視したのか。母親なら有り得るから恐ろしい。

父親も急に出張が決まったからと、昨日から――やはり二泊三日の予定で――留守にしている。嘘を吐いているとは思わないが、恐らく出張が必要な仕事を無理に捻《ひね》り出したに違いない。

「会社の仕事があるので、どうしても義母の葬儀には出られない」

という母方の親戚《しんせき》への言い訳を、母親に与えるためである。そんな手の込んだ工作をしなくても、きっと母親は気にもしなかっただろう。だが父親の真面目な性格が、

それを許さなかったらしい。

つまりお父さんは、そこまでしてお祖母ちゃんのお葬式に出たくなかった。

それを酷いと感じないのは、由羽希も同じ気持ちだったからだ。祖母の死を知らされたとき、てっきり自分も通夜と葬儀に出るのだろうと覚悟した。嫌でも母親に連れて行かれるのだろうと諦めていた。

ところが、遠巳家には母親だけで行くという。由羽希はともかく、父親が欠席するのは不味《まず》いのではないかと心配したが、母親は平気な顔をしている。それに同意した父親もどうかと思うが、出張という言い訳まで用意したことに、さすがに薄ら寒いものを覚える。

私も行かなくて済んで、ほっとしてるけど。

昨日の夕方に自分で作ったカレーを温め直しながら、由羽希はふと両親のことを考えた。

父さんは出張先で、ちゃんと仕事ができてるのかな。

母さんはあの家で、お祖母ちゃんのご遺体を前にして、いったいどう感じてるんだろうか。

そんな風に思う側《そば》から、父親よりも母親のことが心配になってきた。かといって母親の心身を思い煩っているわけではない。上手く表現できないが、祖母の葬儀に出た結果、何らかの影響を母親が受けてしまい、その状態のまま帰宅するのではないか、という懼れのような感情である。

影響って……いったい何？

自分で覚えた予感なのに、肝心のところが分からない。にも拘《かかわ》らず決して良い影響でないことだけは、まず間違いないと信じている。

はっと我に返ると、ぐつぐつとカレーが煮立っていた。慌てて火を止めて、すでに炊き上がっているご飯を皿によそい、手早くカレーライスにする。それをダイニングテーブルの上に置き、「いただきます」と手を合わせ、独りの夕食をはじめた。でも、あっという間に済んでしまった。

いつもの夕食も、特に両親と話が弾むわけではない。しかし食べ終えるまで、もう少し時間がかかっていたはずである。同じメニューのカレーでも、ここまで早く済むことはない。

サラダがなかったから？

原因を見つけた気になりながらも、どうも違うように思える。一番の理由は、やはり独りだからか。

昨夜それが問題にならなかったのは、はじめて迎える独りの夜に、きっと興奮していたからだろう。祖母とは親しかったわけではない。むしろ苦手だったと言える。だから祖母が亡くなったと知らされても、特に心は揺れなかった。実の娘である母親が、そもそも少しも取り乱さなかったのだから。

祖母の死による感情の変化よりも、両親が一度に留守にするという解放感のほうが、どうやら勝っていたらしい。ただし、それも一晩だけだった。二夜目を迎えると、早くも心細くなっている。

そう悟ったとたん、しーん……と家の中が静まり返っていることが、やけに意識され出した。普段は何処かで父親か母親の気配がしているのに、今はまったくない。寒々しいくらいに静かである。

由羽希はリビングに行くと、テレビを点《つ》けて音量を上げた。そうして皿とスプーンをキッチンの流しへ運び、わざと水を大量に出して音を立てつつ、食器を洗いはじめた。それもすぐに済んだので、リビングのソファに座ってテレビを観ながら、しばらく友達と携帯電話のソーシャル・ネットワーキング・サービスでやり取りする。しかし、いつまでも続けられないため、再びテレビを観る。どの局の番組も興味を持てなかったが、昨夜と同じく読書をする気にはどうしてもなれない。

昨日は静かで、いいと思ったのに。

それなのに今夜は、なぜか薄気味悪く感じられてしまう。たった一晩だけで両親が恋しくなるほど、自分が子供だとは思えない。実際そんな気持ちは、これっぽっちもない。だとしたら、この感覚はいったい何なのか。

……予感？

カレーを温めていたときに覚えた、祖母の葬儀により母親が悪い影響を受けるのでは、というあの得体の知れぬ懼れが再び蘇《よみがえ》ってきた。

ぞくっと背筋が震える。エアコンの設定温度を上げようとして、そういう問題ではないと気づいた。

身体の芯《しん》が冷えている感覚がある。だが実際に肉体が寒さを覚えているわけではない。彼女の心が、感情が、寒風に吹き曝《さら》されている。その冷たい風の正体は、恐らく不安に違いない。そして不安の正体は、もちろん得体の知れぬ懼れである。そんな訳の分からないものを相手に、どうすれば自衛できるというのか。

そうだ、お風呂《ふろ》に入ろう。

学校で嫌な体験をしたとき、時間をかけて風呂に浸《つ》かっていると、不思議と少しだけ気持ちが楽になった。季節は関係ない。夏は大量の汗を流すことで、冬は温かい湯に身を委ねるせいで、一種の浄化作用が働くのだろうか。

当の出来事そのものは、当たり前だが何の解決も見ていない。だが入浴する前よりも、気持ちに余裕ができている。問題に対処しようという前向きな姿勢になれる自分が、少なくともそこにいた。

昨夜は両親がいないからと、風呂ではなくシャワーで済ませた。しかし今夜は、独りとはいえ入浴したい。

由羽希は風呂場で給湯の準備をすると、あとは観たくもないテレビに目をやった。やがて湯船に湯が溜《た》まったことを、ピーピーと給湯器が鳴って知らせた。ちょっと迷いながらも結局、テレビを点けっ放しにしたままで、彼女は風呂に入った。出てきたときに、家の中がしーんとしている状態は、できれば避けたい。

はあぁぁっ。

湯船に浸かったとたん、口から溜息が漏れる。これも日本の文化ではないかと思っていたが、外国人でも同じ反応をすると知り、びっくりした覚えがある。前に友達の家に泊まりに行ったとき、その家に風呂があるにも拘らず、近所の銭湯に連れて行ってもらった。人生初の銭湯体験だったので、とにかく珍しくて面白かった。そこには外国の女性もいたのだが、湯船に浸かるとき、やっぱり溜息を漏らしていた。それと同じくらい印象的だったのは、一人のお婆さんが湯船の中で、「あぁ極楽、極楽」と呟《つぶや》いていたことだ。あのときは笑いそうになったが、今なら彼女の気持ちが非常に良く理解できる。

ほんとに極楽だ。

つい先程までいたリビングが、さすがに地獄だったとは思わない。とはいえ居心地《いごこち》が良かったとは決して言えないだろう。我が家の居間なのに、まったく寛《くつろ》げない。エアコンが利いているのに、なんとも寒々しい。どうしても拭《ぬぐ》えない不安感に、ひたすら苛《さいな》まれている。そんな気分が何処までも続く。

それに比べると湯船の中は、まさに天国だった。身体の奥から、本当に芯から、じんわりとした温かさが全身に広がっていく。例の懼れが完全に払拭《ふっしょく》されないまでも、随分と減じたことは間違いない。

自分でも気づかぬ間に、かなり神経質になってたみたい。

冷静に己を分析できるまでに、由羽希は回復していた。これなら今日の一晩くらい、平気で乗り切れるだろう。

彼女は湯船を出て洗髪を行ない、再び湯に入ってから身体を洗い、最後に少しだけ温くなった湯の中に浸かりつつ、しばらく目を閉じたまま凝っとした。

風呂から出ると髪の毛と身体を拭き、頭をバスタオルでターバン風に覆い、パジャマを着てスウェットのパーカーを羽織る。髪の毛にドライヤーをかけるのは就寝前のため、あとはリビングで本を読むことにする。

ただテレビを消さずに音量を下げるに留めたのは、完全な静寂の訪れを、やはり厭《いと》うたからだろう。それでも読書には集中できた。入浴する前よりも、かなり心が落ち着いた証拠である。

いつしか由羽希は、小説の登場人物たちに感情移入していた。そのため気づくのが、もしかすると遅れたかもしれない。

……るぅ。

ごく微《かす》かな物音がした。だが、このときは気にしなかった。

……るぅうう。

次の響きで、彼女は耳を澄ませた。しかし、それが何処から聞こえるのか、さっぱり分からない。

……るるぅうう。

そこで本から顔を上げ、一通り室内を見回したものの、やっぱり見当がつかない。

……るるるぅうう。

さすがに気味悪くなり、ソファから立ち上がろうとしたとき、

……とぅるるるぅうう。

ようやく電話の音らしいと気づいた。ダイニングとリビングの境に置かれた棚の上で、家の固定電話が鳴っているようである。

故障？

ただし、そう考えたのは、いつもの呼び出し音と違っていたからだ。

……とぅるるるぅうう。

その音は陰に籠《こも》っており、とても不自然に聞こえる。しかも人間が人工的な機械音を無理に口真似しているような、なんだか歪な気色悪さがある。

出たくない。

居留守を使おうとしたが、いつまで経っても電話は鳴り止まない。この気持ちの悪いベルを聞き続けるくらいなら、さっさと電話に出たほうが増しかもしれない。

それでも受話器を手に取るのに、かなりの勇気が必要だった。取ってからも耳に受話部を当てるまで、少し時間がかかる。

（…………）

だが電話をかけてきた相手は、うんともすんとも言わない。

「……もしもし？」

躊躇《ためら》いつつも仕方なく呼びかけると、なおも沈黙の間があってから、

（……もし）

一言だけ返ってきた。その声を聞く限り女性のようだが、さすがに確信までは持てない。それでも相手が男でないらしいと分かり、少しだけ気楽になる。

「もしもし、どちら様ですか」

だから問いかけてみたのだが、

（……もし）

やはり一言しか返さない。あとは黙ったままである。

何なの、この人？

次第に腹が立ってきた。間違い電話をかけたものの、素直に謝ることができずに、いつまでも愚図愚図している年配の女性が、ふっと頭の中に浮かぶ。

切りますよ。

そう言いかけたところで、由羽希の脳裏に別のイメージが、いきなり広がった。

周囲を闇《やみ》に閉ざされた石ころだらけの川原に、ぽつんと一つだけ置かれた背の高い電話台があり、前には一人の女が佇んでいる。女は受話器を耳と口に当てており、その電話は宮里家に通じていて、今まさに由羽希が相手をしている。

そんな風景がぱっと見えたとたん、慌てて電話を切っていた。

あそこは……？

さらに考えそうになり、急いで首を振る。

ただの間違い電話だ。

そう自分に言い聞かせて、なんとか読書に戻ろうとした。しかし、どうしても熱中できない。気分転換に紅茶を淹《い》れて、チョコレートを食べながら飲んでみた。お蔭で少し落ち着けたので、そろそろと読書を再開する。そこから元通りに小説の世界に入り込めるまで、かなり時間がかかったのは仕方ない。

だが、そのせいで再び気づくのが遅れたらしいのは、結果的に良かったのか悪かったのか。

ふぃ……。

それが耳についたとき、最初はエアコンかと思った。空気が漏れるような、そんな物音に聞こえたからだ。

ふぃぃぃ……。

次に響いたとき、彼女は本から顔を上げてエアコンを見た。でも、どうやら聞こえた方向が違うらしい。

ぴぃぃぃぃ……。

そこで急に、それが知っている物音のように感じられ出した。にも拘らず何の音なのか、まったく見当もつかない。

ぴぃぃぃぃん……。

ようやく音の出ている方向が、なんとなく分かった。キッチンに近いダイニングの壁の一角である。しかし音の正体は、相変わらず不明である。

ぴぃぃぃぃんん……ぽおぉぉぉぉ……ん。

ここで彼女はダイニングの壁に取りつけられた、インターホンの親機に思わず目をやった。

インターホンが鳴ってる？

リビングの壁にかけられた時計を見る。

十時四十一分。

他人の家を訪ねる時間ではない。しかも由羽希には、まったく訪問者の心当たりがなかった。そもそも宮里家は、普段から客が少ない。そんな家に、いったい誰が訪ねてきたというのか。それも、こんな遅い時間に。

あれ、私の勘違い？

インターホンにしては、とても変な鳴り方だった。まったく別の物音を、もしかすると聞き違えたのかもしれない。

彼女が自信をなくしていると、
ぴぃぃぃぃぃんん……ぽぉぉぉぉぉ……ん。

またしても同じ音が、室内に響いた。その籠った響きは、どう聞いてもインターホンとしか思えない。

由羽希はソファから立ち上がると、急いでインターホンの親機まで行った。だが、いざ目の前にすると、その画面を確かめるのが怖くなった。

訪問者が玄関の横に設置されたインターホンの子機のボタンを押すと、家の中でチャイムが鳴ると同時に、親機の画面に表の風景が映し出される。そのため家人は玄関の扉を開けることなく、訪問者の姿を確認することができる。

しかし今は、その確かめが何よりも恐ろしい気がする。とはいえ、いつまでも放っておくわけにはいかない。彼女は覚悟を決めて、ぱっと画面に目をやった。

……誰もいない。

親機の画面に映っているのは、無人の玄関前の風景である。

悪戯《いたずら》？

だが、ここは最寄り駅から徒歩で二十分も離れた住宅地なのだ。しかも時刻は夜の十時をとっくに回っている。他人の家のインターホンを鳴らして逃げる、所謂《いわゆる》ピンポンダッシュが起きる場所でも時間でもないだろう。

もやもや感に苛まれながらも、由羽希がリビングのソファに戻ろうとしたとき、
ぴぃぃぃぃいんん……ぽぉぉぉぉぉぉ……ん。

またしてもインターホンが異様な鳴り方をしたので、反射的に親機の画面を見やり、ぎょっとした。

……誰かが立っている。

しかも後ろ向きに……。

どうやら女性のようである。その人は子機のカメラのレンズに背中を向けたまま、インターホンのボタンを押したらしい。

どうして？

誰なの？

いったい何の用？

立て続けに疑問が頭に浮かぶと同時に、ぞおぉぉっ……とした寒気が腹の底から、じんわりと湧《わ》き上がってきた。

こちらの気配を相手に悟られないように、そっと親機の前から離れようとして、ふと由羽希の足が止まった。

えっ？

もう見たくないのに、吸い寄せられるように親機の画面に目がいく。そこで気味の悪い女の後ろ姿を改めて見詰めて、とんでもない可能性に思い当たった。

……お母さん？

薄明かりの中に浮かび上がる女性の衣服が、母親のものに似ている。もしかすると二泊目を取り止めて帰宅したのかもしれない。母親なら充分に有り得る。

「お、お母さんなの？」

思い切って声を出すと、

「……そう」

物凄くか細い返事があった。

「待ってて。開けるから」

親機のスイッチを切り、急いで玄関へ向かう。そうしながらも頭の片隅では、何か可怪しいと感じている自分がいる。しかし表に立っているのは、間違いなく母親である。家に入れるのが当たり前ではないか。

玄関扉を開けると、すぐ目の前に彼女が立っていた。相変わらず後ろ向きだが、どう見ても母親である。

「どうしたの？　二泊三日の予定でしょ？」

「…………」

だが母親は何も応えない。

「あれ、荷物は？　コートも着てないじゃない」

「…………」

なおも黙ったままで、身動き一つしない。

「ねぇ、ちょっと……」

再び由羽希が可怪しいと感じ出したとき、

「……ただいま」

まったく抑揚のない声が聞こえた。娘に背中を見せた不自然な状態で、母親が帰宅の挨拶《あいさつ》をした。

「お、お帰り」

とっさに彼女は応えたものの、あまりにも異様な母親の姿に、困惑を通り越して少し怖くなりはじめた。

「お母さん」

黙っていると余計に怖くなる。取り敢えず言い訳でも良いので、母親から何らかの説明が欲しい。

「こっち向いてよ」

「…………」

その前に、まず母親の顔が見たかった。

「どうして背中を向けてるの？」

「…………」

しかし、なぜか相変わらず母親は無言である。

ぶるっと由羽希の身体が震えた。それが目の前の母親に対する無意識の反応なのか、冷え込んだ外気のせいか、彼女自身にも分からない。とはいえ寒空の下、いつまでも玄関先で佇んではいられない。

「さ、寒いから、とにかく中に、は、入りなよ」

次の瞬間、それまで微動だにしなかった母親が、信じられないほど素早い動きで、するっと玄関扉と由羽希の間に身を入れた。そして彼女が呆気《あっけ》に取られているうちに、もうスリッパを履いて廊下に立っている。

こちらに後ろ姿を見せた状態で……。

由羽希が三和土《たたき》から上がると、母親が廊下を先導する格好《かっこう》で歩き出した。だが、その歩みが妙にぎごちない。

「お風呂に入る？」

後ろから声をかけると、ゆっくりと母親が頭を振った。

「それじゃ、熱いお茶を淹れるね」

何の返事もなかったが、彼女はキッチンに入ると、薬缶《やかん》で湯を沸かしつつ、日本茶を淹れる準備をした。そうしながらもリビングに立ち尽くしている、どう見ても普通ではない様子の母親を、それとなく観察し続けた。

お祖母ちゃんの葬式で、きっと何かあったんだ。

母親と祖母の関係は、かなり歪んでいる。いつのころからか由羽希は、そう理解するようになっていた。もっとも理解といっても、二人の間には乗り越えられない確執があるらしい、と知っているだけに過ぎない。どんな訳があるのか知らないし、仮に教えられても納得できない気がする。

でも、そのお祖母ちゃんが死んだんだから……。

当人の葬儀に出席したところで、何か問題が起きるとは思えない。本人がいない以上、どんな揉《も》め事も生まれるはずがないからだ。

それとも親戚の誰かと、喧嘩でもしたのかな。

しかし由羽希は、ほとんど親戚と付き合いがないため、もしそうならお手上げである。仮に母親から事情を打ち明けられても、誰が誰なのか少しも分からないだろう。

ううん、やっぱりお祖母ちゃんが……。

この母親の奇妙な言動の、すべての原因のような気がした。もう亡くなっているにも拘らず、今なお母親に影響を及ぼしているように、なぜか感じられた。

実の親子なのに、どうして二人は、そんな関係になってしまったのか。

と考えかけたものの、そういう自分も母親とは、昔からぎくしゃくしていた――という事実に改めて思い当たり、ぎくっとした。

お祖母ちゃんとお母さん、お母さんと私……。

まるで女親と娘の間に、代々に亘《わた》って横たわる何か悪いものが、祖母の死によって受け継がれようとしているような、そういう恐ろしい想像を、ふと由羽希はしてしまった。

ピイイイイ。

そのとき薬缶の湯が沸騰した。コンロの火を止め、薬缶の湯を急須《きゅうす》に注ぎ、食器棚から湯呑《ゆのみ》を取り出して、お茶を淹れる。

「ほら……」

お茶が入ったよ、と母親に言おうとして、再び彼女はぎくっとした。

いつの間に移動したのか、キッチンに背を向けたダイニングテーブルの椅子《いす》に、母親が座っている。

由羽希は両手で湯呑みを持つと、キッチンから出てダイニングへ向かったが、その間に何度もお茶を溢《こぼ》しそうになった。どうしても両の手が震えてしまう。

別にお母さんが怖いわけじゃない。

わざわざ心の中で呟いてみたが、一向に手の震えは治まらない。このままでは派手に溢すのも時間の問題である。

「……はい」

母親が座るテーブルのかなり手前に湯呑を置いたのは、もう限界だと察したからだが、実はそれだけではない。母親の側まで行くと、嫌でも横顔が見えてしまう。それを本能的に避けたせいである。

強烈な視線を背中に感じながら、由羽希は不自然な足取りで、ゆっくりとリビングのソファへと向かった。

もし今、呼び止められたら、振り返れる？

ううん、振り返るべき？

こんな風に怯えること自体、あまりにも滑稽《こっけい》だと思う一方で、早くなんとかしないと大変な事態になる、という焦りもひしひしと覚える。

なぜなら母親が、明らかに可怪しいからだ。

「おふろにはいりなさい」

ソファに座ったとたん、いきなり声をかけられ、由羽希はびくっとした。

「わ、私は、もう入ったよ」

パジャマを着て、頭にはタオルをターバン風に巻いている。この格好を見るだけでも、すでに娘が入浴済みだと分かるだろう。

やっぱり変だ……。

とにかく二階の自分の部屋に、ひとまず逃げようと彼女が考えていると、

「そう。ならかみをとかしましょう」

真後ろの頭上から、母親の声が降ってきた。

たった今まで、ダイニングテーブルに座ってたのに……。

ぞおっとした悪寒が、背筋を伝い下りる。すぐにソファから立ち上がるべきなのに、まったく動けない。特に頭と首筋と両肩が、かちこちに固まっている。

頭部に突然、寒気を感じた。母親がタオルを外したらしいと分かるまで、数秒もか

かってしまう。それほど何の気配も覚えなかったことが、堪らなく恐ろしい。とはいえこのまま凝っとしているのは、自殺行為のように思えた。一刻も早く母親から離れるべきだと、彼女の本能が告げている。

「……だったら、ブ、ブラシを取ってくる」

そう言いながら由羽希が、なんとか立ち上がろうとしたとき、

すうぅぅうつっ。

由羽希の長い髪が根本から毛先まで梳《す》かれた。次の瞬間、頭皮に鳥肌が立ち、もう少しで叫び声を上げそうになった。

母親の手には一枚の櫛が握られている。しかも亡き祖母が、かつて母親の髪の毛を梳いたのと、それは同じ櫛である。まったく見えないにも拘らず、彼女は確信した。

最早《もはや》まったく猶予がない。今すぐ逃げる必要がある。

すうぅぅうつっ。

それなのに髪を梳かれると、妙に気持ち良くなる。

すうぅぅうつっ。

自然と心が落ち着くような気がする。

すうぅぅうつっ。

そのせいか眠気に誘われる。このまま寝入ったら、さぞ心地好いだろう。

ずっ、ずうぅぅぅっっ。

少しだけ違和感を覚える。

ずっ、ずっ、ずっ。

い、痛い……。

ずっ、ずっ、ぶちっ、ぶちぶち。

「痛い！ 痛いったら、お母さん」

声が出ると同時に、由羽希は立ち上がっていた。一瞬の間があって、はっと彼女は我に返った。

そこからは後ろを見ずに、ソファを回り込んでリビングから飛び出し、廊下の先の階段を目指して走った。

たったぁ、たったぁ、たったぁ。

すぐに奇妙な物音が、後ろから追いかけてきた。

振り向くなと自分に言い聞かせながらも、どうしても気になる。もうすぐ階段というところで、我慢できず背後に目をやった。すると母親に似て非なるものが、後ろ向きのまま廊下を走ってくるではないか。

たったぁ、たったぁ。

なんとも不格好な姿勢で、少しずつこちらへ近づいてくる。思わず笑いそうになるほど、それは変な動きだった。

　だからこそ由羽希は衝撃を受けた。あまりにも異常な光景を見たせいで、彼女の足が止まってしまった。そんなものを見ている場合ではない、と頭では分かっていながら、どうしても目を逸《そ》らせない。

　とはいえ、まだまだ余裕で逃げられそうである。不自然な走りのために、ほとんど速度が出ていない。あれなら捕まる心配はまずない。

　そう確信できたせいか、こちらに向かってくるものを繁々《しげしげ》と見詰めながら、改めて由羽希は考えた。

　お祖母ちゃんの通夜と葬儀で、お母さんに何があったのか。

　お母さんのように見えるあれは、いったい何なのか。

　これから私は、どうすれば……。

　はっと気づくと、いつの間にか両者の距離が縮まっていた。後ろ向きで走るこつを、どうやらあれは習得したらしい。

　早く逃げなきゃ。

　そう焦ったときには、ほとんど彼女の目の前まで、その母親擬《もど》きは迫っていた。

　……駄目、間に合わない。

　簡単に諦めそうになり、ぞっとする。母親に捕まっても仕方ない。そんな風に思った自分自身に、何より彼女は慄《おのの》いた。

違う。これはお母さんじゃない。

強く自分に言い聞かせたところで、視界の片隅に階段の一部が映った。

後ろ向きで上がるのは、きっと大変なはず。

そこに気づいた由羽希は、いきなり階段へ向かった。あとは一気に折り返しの踊り場まで、とにかく必死に駆け上がった。

この彼女の読みは当たった。踊り場で下を見ると、早くも一段目で立ち往生している。後ろ足で上がろうとするのだが、なかなか上手くいかないらしい。

舗装された道の上で蠢《うごめ》く、ひっくり返った虫のような……。

自然に浮かんだイメージに、とても気分が悪くなる。人間にしか見えないものが、昆虫を思わせる動きをしているからだろうか。

由羽希は残りの階段を上がると、二階の廊下の電気を点けてから、自室に入って内《うち》鍵《かぎ》を下ろした。それだけでは安心できないので、内開きの扉の前まで洋簞笥《ようだんす》を動かした。独りでは無理かと思ったが、なんとか移動できた。火事場の莫迦《ばか》力に似たものが、彼女の身体に働いたのだろう。

あれの侵入を防ぎ、ベッドに座ったところで、遠巳家に連絡することを思いつく。田舎の家に電話をするには遅い時間だが、そんなことは構っていられない。向こうの家にいる人なら誰でもいいから捉《つか》まえて、母親について訊くのだ。

お母さんなら、もう帰ったよ。

もしもそう言われたら、階下にいるあれがどれほど可怪しくても、やっぱり母親だということになる。

ちょっと待ってね。お母さんに代わるから。

しかし、そんな返答があったら、あれはやはり母親ではないと分かる。まったく違う存在だということが明らかになる。

どっちも厭だ。

もちろん後者よりも前者のほうが、まだ増しだと思う。訳の分からない恐ろしい言動を取るものの、正真正銘の母親だからだ。落ち着いたところで医者に診せれば、元に戻る可能性もあるに違いない。

けど、ずっとあのままだったら……。

じわっと涙腺が緩みそうになり、彼女は自分でも驚いた。ここまで泣かなかったこともそうだが、母親が原因で涙を流しそうになる日がくるとは、ちょっと意外だったからだ。

やっぱり実の親だから……。

それとも信じられない恐怖のせい……。

さらに考え込みそうになり、由羽希は慌てて止めた。今はそんなことに思い悩むより、一刻も早く事実を確認するべきである。母親の件がはっきりしたところで、次は父親の携帯に電話をして、「お母さんが可怪しくなった」とだけ伝える。そこからの対応は、すべて父親に任せるのだ。

まず遠巳家に電話をしようとして、「あっ」と彼女は声を上げた。

……リビングに携帯を置いてきた。

家の固定電話は、親機が一階のダイニングとリビングの境に、子機が二階の両親の寝室にある。一階に下りるわけにいかない以上、寝室の子機を使うしかない。

扉を塞《ふさ》いだ洋箪笥の前まで行くと、由羽希は耳を澄ませた。あれが後ろ足で二階まで上がってきたのか、その気配を探るためである。しかし間に障害物があっては、いまひとつ分かりにくい。そこで扉に片耳をつけられる隙間《すきま》ができるまで、なるべく物音を立てないように苦労して、洋箪笥を少し動かした。

そっと扉に耳を当て、密《ひそか》に聞き耳を立てる。

……何の気配も感じられない。

二階の廊下は、しーん……としている。かといって一階に、何らかの動きがあるわけでもない。家中が静寂に包まれていた。先程の騒動がなければ、彼女独りで留守番をしているとしか思えない静けさである。

あれが階段を上がったのなら、きっと変な物音がしたはず。

しかし何も聞こえなかった。もしかすると階段の一段目すら上がれずに、あの場で立ち往生しているのかもしれない。

階段を上がって正面の扉が父親の部屋で、その左隣が由羽希の、右隣が両親の寝室になる。ちなみに母親の部屋は一階の和室だった。

固定電話の子機を使うためには、廊下に出て父親の部屋の前を通り――それは同時に階段の下り口の前を横切ることにもなる――寝室まで行かなければならない。

実はあれが、階段を上がってる最中だったとしたら……。

しかも折り返しの踊り場を過ぎて、二階に迫っている途中だったら……。

その前を通る由羽希を認めた瞬間、すでに慣れた足取りで一気に階段を駆け上がり、彼女に迫ってくるのではないか。

ふっと浮かんだ懼れに、由羽希は震えた。

でも、何の物音もしなかった……。

とにかく今は、それだけが支えである。ありったけの勇気を振り絞って、そっと扉の内鍵を外す。

……カチャ。

微かな物音しかしなかったのに、まるで家中に鳴り響いたかのように感じられ、彼女は胸がどきどきした。

扉のノブに手をかけ、ゆっくりと回し、少しずつ内側に開いていく。と同時にできた隙間に片目を寄せて、廊下の様子を窺《うかが》おうとした。

……真っ暗。

二階の廊下は暗くて、まったく何も見えない。電気を点けておくべきだったと後悔しかけて、待てよ……と戸惑う。階段を駆け上がったとき、確かに電気のスイッチは入れた。それなのに暗いのは、あれが二階に上がっており、廊下の電気を消したせいではないのか。

急いで扉を閉めようとしたところで、闇が由羽希の頰《ほお》に触れた。

ざわっ。

一瞬の感触だったが、それが髪の毛だとすぐに分かった。ぞわっと一気に、顔中に鳥肌が立つ。

扉にぴったりくっつくように、あれが後ろ向きで廊下に立っている。そんな状況を理解するや否や、彼女は扉を閉めると内鍵をかけ、再び洋簞笥で防御した。

いつの間に……。

まったく油断も隙もない。あれは物音を立てずに、静かに階段を上がってきたのか。それとも歪な足音が響いていたのに、遠巳家と父親への連絡に気を取られたせいで、少しも耳に入らなかったのか。いずれにしても、この部屋から出るのはもう無理である。

あとはお父さんが帰ってくるまで、ひたすら籠城《ろうじょう》するしかないか。

明日で父親の出張は終わるが、会社に顔だけ出して、昼ごろには帰宅すると聞いている。つまり正午から一時ごろだろう。ということは十二時間以上もあるが、耐えられない長さではない。

由羽希は覚悟を決めた。髪の毛をドライヤーで乾かしていないのが、どうにも気になったが仕方ない。机の上にあったゴムバンドで髪を括り、いつでも外へ逃げられるようにパジャマから服に着替える。そして部屋の電気は点けたままベッドに入ると、蒲団を顎《あご》まで引き上げた。しかしながら当然、とても眠ることなどできない。ともすれば頭を少し持ち上げて、扉を塞いだ洋箪笥を見てしまう。

じりっ、じりっ……と今にも洋箪笥が動き出し、少しずつ隙間が広がったかと思うと、ばあっと母親擬きの後頭部が覗《のぞ》く。そんな光景が本当に見えそうで、おちおち休んでなどいられない。

内側から鍵をかけてるし、扉越しに箪笥を動かすのは無理よ。

何度も自分に言い聞かせるが、まったく不安は去らない。逆に恐れだけが次第に強くなっていく始末である。

やっぱり起きていよう。

彼女はベッドから出て、好きな作家のエッセイ集を適当に選ぶと——読みかけの小説本は、残念ながらリビングに置いてきてしまった——再び戻り、壁に凭《もた》れて半身を起こす格好を取った。これなら本から顔を上げさえすれば、すぐに洋箪笥が目に入る。何かちょっとでも異変があれば、すぐさま視界に入るはずである。

ところが、かなり好みのエッセイ集にも拘らず、ほとんど集中できない。ちらちらと何度も顔を上げてしまう。だったらいっそ本を枕元《まくらもと》に置き、凝っと洋箪笥を眺めることにしたが、どうにも落ち着かない。厭な想像ばかり脳裏を駆け巡る。

どうしたらいいの？

結局もっとも無難なのは、本を読みながら時折ちらちらと顔を上げて、絶えず安全を確かめることだった。どれほど文章が頭に入らなくても、読書を続けるうちに少しは気が休まってくる。それが洋箪笥を目にするたびに、また緊張する。この緩急の繰り返しが、どうやら良かったらしい。

それでも夜中の二時になり、やがて三時を過ぎると、さすがに睡魔に襲われ出した。そのまま横になろうにも、ずっと洋箪笥を見張っていたせいか、今度は眠るのが堪らなく怖くなっている。

なんとか朝まで、このまま起きていよう。

日が昇れば母親に似て非なるものはいなくなるのか、それは分からない。だが隣近所の人が家から出てくるのは間違いない。そうなれば窓から呼び止めて、父親に連絡してもらうこともできる。何も明日の昼まで待つ必要はない。

そう考えてわずかでも安堵できたせいか、またしても由羽希は睡魔に見舞われた。眠りたくないと思って抵抗しながらも、自然に頭は前へ前へと垂れてしまう。電車に乗って座ると、こっくり、こっくり……と知らぬ間に舟を漕《こ》いでいる。あれと同じである。はっと気づいて半身を起こすのだが、どうしても抗えない。

やがて前のめりの姿勢のまま、完全に寝入ってしまったらしい。どれほど時間が経っただろうか。ふっと彼女の意識が半ば目覚めた。

……なんか変……。

何が可怪しいのか、しばらくは分からなかった。そのうち後頭部が、すうすうと肌寒いような気がしはじめた。

あっ、ちゃんと髪の毛を乾かさなかったからだ。

まだ完全に寝惚《ねぼ》けていたからか、まずは後悔を覚えた。朝になって鏡を見ると、ぼさぼさの状態になっているに違いない。

……ううん、そうじゃない。

意識が朦朧《もうろう》としながらも、ようやく背後に違和感を覚え出したときである。

すうぅぅぅっっ。

頭を後ろに引っ張られるような、微かな力を感じた。

すうぅぅぅっっ。

それは頭部そのものではなく、髪の毛の一部が後ろに引き寄せられているような、決して強くはない力である。

すうぅぅぅっっ。

にも拘らず確実に引っ張り続けて、由羽希を背後の何かに取り込みたい、とでも考えているような意志が、まるであるかのように感じられる。その気配が堪らなく恐ろしい。

……まさか髪の毛を、櫛で梳かれてる？

いったい何が起きているのか、信じられない異様な状況の、ようやく想像がつきかけたところで、
ずっ、ずっ、ずっ……。

櫛らしきものが髪の毛に引っかかった。

ずずっ、ぶちっ。

それなのに強引に、そのまま梳かれて、飛び上がるような痛みが頭皮に走った。

「厭ぁっっ！」

痛いと叫んだつもりだったが、口から出たのは恐怖の慄きだった。しかも彼女は反射的に右手を背後に回すと、自分でも驚いたことに、相手の櫛を奪い取っていた。

その瞬間、がくっと眠りに落ちたような気がする。

次に目覚めたときには、糸藻沢地方を訪ねていた。五つの集落のうち何処か分からない村内を、ふらふらと由羽希は歩いていたのである。

＊

……思い出した。

天空の語りが終わったとき、由羽希の顔面からどっと汗が噴き出した。それは記憶が戻った安堵と、同時に蘇った恐怖が、まさに混ざり合った結果だった。

「どうして私、助かったんですか」

真っ先に浮かんだ疑問だったが、天空には呆れられた。

「いやいや、助かっとらんやろ」

「……あっ、そうでした」

自分の迂闊《うかつ》さに苦笑しながらも、すぐに新たな疑問が出てきた。

「じゃあ自宅にいたのに、気がつくと糸藻沢に来ていたのは、なぜです？」

「正確なところは、俺にも分からん」

そう断ったうえで彼は、

「ひょっとすると、この櫛のせいかもしれん」

金庫から取り出した問題の櫛を、彼女に掲げて見せた。

「私が櫛を、お母……あれから取ったから？」

「せやな。こういう形とはいえ、一応は助かった格好になったんも、とっさに相手から櫛を取り上げたんが、きっと影響しとるんやろ」

「お母さんに、いったい何が……」

聞きたいけど知りたくない。そんな矛盾した気持ちを抱えたまま、それでも由羽希は尋ねた。

「恐らく遠巳家の亡くなった刀自に、お前の母親は憑かれた。そのとき触媒の役目を果たしたんが、副葬品の櫛やった。もしかすると母親が、わざわざ棺《ひつぎ》の中から取り出したんやないかな」

「それでお祖母ちゃんが、やっぱり砂歩きになってしまって……」

「この地方の伝承に当て嵌《は》めたら、そういうことになる。けど遠巳家の刀自とお前の母親、その母親とお前自身の関係は、誰か一人が亡《の》うなった後々まで、仮に砂歩きの存在がのうても、何かしらの影響が残り続けるものと違うか。ここ数日のお前の話と、東京の自宅で何があったんか分かった今、俺にはそう思えてならん」

「お母さんはお祖母ちゃんから逃れられなかったのに、私はお母さんから一応とはいえ逃げられたのは、その櫛を取ったから……ですか」

そんな簡単なことで大きく運命が変わるのか、という半信半疑の思いで彼女は訊いたのだが、天空の答えはそれだけではなかった。

「それが大きいやろう。けど櫛を奪っただけやったら、遅かれ早かれお前は、その忌物に取り込まれとったに違いない」

「えっ……」

「つまり、もっと早《はよ》う亡者になって、さっさと死んどったいうことや」

「そ、それなのに、どうして……」

彼は少し困った顔をしながら、

「まず考えられるんは、櫛がお前をここまで呼び寄せた、いう解釈や。これが遠巳家の刀自の持ち物で、しかも副葬品やった事実に鑑みると、強《あなが》ち外れてないと俺は思う。ただし、それだけやったら、やっぱりお前は助からんかったやろ。そこで明暗を分けたんは、お前がこの寺の存在を思い出して、ここに助けを求めようと決めたことやろうな」

そう言われて由羽希は、この五日間ではじめて、非常に大きな希望を覚えた。

「要は俺に頼ったんが、やっぱり大正解やった、いうことや」

しかし天空の自慢げな物言いに、せっかく膨らんだ希望が、たちまち萎《しぼ》んでいくような気持ちになる。それがつい表情に出たのか、

「なんか知らんけど、不服そうやな」

「いえ、そんなことありません。天空さんのお蔭だと、ほんとに感謝してます」

実際は、徒《いたずら》に時間を費やしただけではないか、という不満がある。すべては彼の忌物に纏《まつ》わる怪異譚蒐集《たんしゅうしゅう》に、彼女を付き合わせるためではなかったのか、という疑いがどうしても消えない。

とはいえ今は目の前の坊主に頼るしか、どう考えても他に手はない。それが改めて理解できるだけに、わざとらしくはあったが、彼女は慌ててフォローした。こんな心の籠っていない台詞で誤魔化せるのか、と不安に感じながら。

「そうか。いや、分かっとるんやったらええ」

しかしながら天空は、あっさり信じたようである。再び機嫌が良くなった。やっぱり根は悪い人ではないのか。それとも単純なだけか。五日も付き合っているのに、未だに理解できないところが多い。

「それで私はこれから、何をしたらいいんですか」

恐る恐る尋ねると、とたんに彼の顔が険しくなった。

「ここで俺が櫛の御祓いをするから、お前も一緒に祈ることや」

「でも、お経も何も知りません」

「文言なんかどうでもええ。一生懸命、誠心誠意、とにかく心から祈ること。それが大事なんや」

「あのー、何を祈るんですか」

この質問には、すっかり天空も脱力したらしい。

「助かりたいんやろ。元の生活を取り戻したいんと違うんか」

「も、もちろん」

「せやったら、神様仏様、どうぞ私をお助け下さい——いう言葉が、自然に口から出るんやないか」

「神様って、ここはお寺ですよね」

「そんなもん、どっちでもええんや」

およそ寺の僧侶《そうりょ》とは思えない発言だったが、天空らしいと言えばそうである。

「肝心なんは、心の底から祈ることや。そうせん限り、お前は……」

と言ったところで突然、彼に変化が起きた。口を半開きにしたまま、まったく動かずに固まっている。

「て、天空さん」

由羽希が声をかけても、何の反応も示さない。

「どうしたんです？　大丈夫ですか」

「…………」

何か呟いたようだが、少しも聞こえない。

「もう一度、はっきり言って下さい」

「…………」

「えっ？」

「……来た」

この短い言葉の意味を、たちまち由羽希は理解した。ぞわっと項《うなじ》が粟《あわ》立ち、次いで二の腕に鳥肌が立った。

「ええか、時間がない。よう聞くんや」

そう言いつつ天空は、祭壇の横に置かれた場違いな薬簞笥《くすりだんす》まで行くと、多数ある引き出しの一つずつを開けながら、

「もうすぐあれが、ここへやって来よる」

あれとは言うまでもなく、母親に似て非なるものである。

「恐らく今まで、ずっとお前を捜しとったんやろう」

「……い、家で？」

「そこまでは分からんけど、お前が立ち寄りそうな所を、もしかすると彷徨ってたんかもしれん」

「でも、まさか遺仏寺とは思わなかった……」

「たぶんな。まさか遺仏寺とは思わなかった……」


「たぶんな。せやけど見つかってもうた以上、お前と櫛が一緒いうんは不味い。せやから俺が櫛を持って庫裡《くり》へ行き、そこで御祓いをする」

「わ、私は？」

「ここに残って、あれを迎えるんや」

「ええっ、そんな……」

冗談ではないと強く抗議しようとしたが、

「あった！」

彼の嬉《うれ》しそうな声に、つい妨げられてしまった。

「ここに御札がある。俺が本堂から出たら、正面の戸と全部の障子《しょうじ》の閉じ目、それに祭壇の後ろの窓にも、これを貼《は》るんや」

天空から手渡しされたのは、十数枚の御札だった。どれもが長方形の紙片に、由羽希には少しも読めない漢字のようで、よく見るとまったく違う文字擬きがくねくねと記されている。

「貼るって、何で？」

「糊《のり》に決まっとるやろ」

「何処にあるんです？」

「そんなもん――」

周りを見回しかけて、しまった……という表情を彼が浮かべた。

「よし、庫裡から取ってくる」

「貼ったあとは？」

「ここに籠って、一心に祈れ。ええか、絶対にあれを入れたらあかんぞ」

注意されなくても分かっているつもりだったが、わざわざ釘《くぎ》を刺されたことで、物凄く怖くなってきた。

「や、やっぱり天空さんも、ここで一緒に……」

「恐ろしいこと言うな。お前と櫛が同じ場におって、しかもあれまで加わった状態で御祓いするなんて、俺はご免や」

突如として彼女は、とてつもない不安を覚えた。

「ま、まさか天空さん、私を見捨てる気じゃ……」

「阿呆か。それやったら最初から相手しとるか」

「そ、そうですよね」

「まぁ予想外の状況になって、さすがに危ないなと後悔はしとるけどな」

急に声が小さくなった天空の呟きに、

「えっ？　ちょ、ちょっと……」

由羽希が思わず問い質そうとしたときである。再び彼は固まったあと、

「……あかん、もうそこまで来とる」

言うが早いか彼は、庫裡に通じる渡り廊下のある、本堂側面の障子の一つを開けながら、

「ええな、正面の扉はもちろん、障子のすべての閉じ目、それと祭壇の後ろの窓にも、忘れんように必ず御札で目張りするんやぞ」

「の、糊は？」

「そんなもん、もう取りに行っとる暇がない」

「じゃあ、どうやって……」

「唾《つば》や。唾液《だえき》で貼るんや」

由羽希が何も言えずにいると、

「すべての出入口を封印したら、あとは一言も喋《しゃべ》らずに、心の中で祈れ」

「い、いつまで？」

「俺の御祓いが済むまでや。今が三時――」

「嘘っ。夜中のですか」

周囲を見回し時計を捜す彼女に、天空が腕時計を見せながら、

「お前が自宅の自室で、母親から櫛を取り上げた時刻に、きっと今はなっとるんやろ。なんでかは訊くな。俺にも分からん。せやけどお蔭で目安ができた。とにかく夜明けまで、何が何でも耐えろ」

「そんなぁ……」

「もっと早くに、御祓いは終わるかもしれん。けど念には念を入れて、夜明けまで待ったほうがええ」

「………」

「おい、分かったんか」

「は、はい」

「ええか、あれの相手は絶対にするな。向こうが何をしようと、完全に無視し続けろ。ええな、分かったな」

何度も念を押したあと、さっと天空が消えた。

あまりの心細さに、彼女は泣き出しそうになった。だが、ここまで頑張ったのだから、最後までやり遂げようと決めた。

お母さんのようにはならない。

祖母から母親へと連なった悪いものを、自分の代で完全に断ち切る。そう強く決意

した。

改めて堂内を見回す。正面には観音《かんのん》開きの扉がある。ここだけが板戸で、その両横から障子が連続して並んでいる。正確には板戸、柱、障子、柱、障子といった順である。障子は御堂の左右の側面まで続き、祭壇の手前でそれが板壁に変わる。祭壇の背後も同じ板壁だったが、そこには格子《こうし》つきの窓があった。もちろん人の出入りはできない。

由羽希は相当な焦りを覚えつつも、小走りで正面の扉まで行くと、そっと少しだけ開いて外を覗いてみた。

……なんだ、いないじゃない。

天空の様子から、てっきりあれが境内《けいだい》まで来ているのだと思い、物凄く怖かった。それが実はまだ余裕があると分かり、わずかだったが気が楽になる。何と言っても彼女には、あれの侵入を防ぐ御札があるのだ。

観音開きの扉を閉じようとして、参道の果ての石段から、ちらっと黒いものが覗くのが、ふっと目に入った。

えっ……。

扉に手をかけたまま目を凝らすと、黒くて丸そうなものが、ゆらゆらっと左右に揺れながら、少しずつ石段を上がってきている。とたんに由羽希の顔から血の気が引いた。

……来た。

すでに頭部が石段の最上段から上に出ている。どう眺めても、それは後頭部だった。あれは後ろ向きで、あの足場の悪い石段を上ってきたらしい。

やがて両肩が現れ、上半身が露になり、下半身まで見えたと思ったら、あれが参道に立っていた。ぬぼうっと佇んでいた。

本堂に背中を向けながらも、こちらを凝視している。後ろ向きで見えるはずがないのに、物凄い視線を感じる。ここに由羽希がいることを知っている。ここまで逃げたことを怒っている。そんなあれの感情が、ひしひしと伝わってくる。

気がつくと両脚が、がくがくと震えていた。まるで全力疾走したあとの、立っているのも大変という状態と同じである。

まだ距離があるから、焦らなくても大丈夫。

必死に自分を落ち着かせる。とにかく今は、あれが後ろ向きで参道をやって来る間に、扉と障子と窓のすべてに、天空からもらった御札を貼ることだ。それくらいの時間は、恐らく充分にあるに違いない。

ところが、由羽希が扉を閉めかけたときである。

たっ、たっ、たっ、たっ。

あれが普通に走り出した。正面を向いて駆けるよりも、もちろんぎごちない格好だったが、家で見た走りよりも遥《はる》かに速い。ぐんぐんと本堂に迫ってきている。

「わあっっ」

声を上げながら扉を閉め、急いで御札を貼ろうとしたがつかない。頭の中が真っ白になりかけたが、唾液を忘れていることに気づく。

御札の裏の隅々まで舐めるの？

だが、そんな時間はとてもない。仕方なく裏の頭の部分にだけ唾をつけて、観音開き扉の閉じ目に貼る。

次は……。

左右のどちらに進むか悩んだが、とっさに左へ動く。特に理由はないが、無意識に庫裡側を選んだのかもしれない。ちなみに本堂の右手は墓地である。

正面の扉は観音開きのため、その閉じ目に御札を貼るのは容易だったが、あとの障子は勝手が違った。柱と柱の間で二枚の障子が重なり、手前と奥とで横に滑るように動く。そんな作りなので、二枚の障子の閉じ目には段差ができてしまう。縦に御札を貼ろうとすると、「へ」の字に折らなければならない。その一手間が、今は堪らなく煩わしい。

堂内から見て正面左側の障子をすべて済ませ、庫裡側の壁面に取りかかり、半ばまで進んだところで、外で物音がした。

だん、だん、だんっ。

あれが参道を走り終え、本堂の木製の階段を上がっている足音だった。

ええっ、もう……。

予想以上の速さに、由羽希は驚いた。これでは絶対に間に合わない。

ぎしっ、みしっっ。

しかも外の物音は、すぐに廊下を踏み締める足音に変化すると、
がた、がた。がたがたがたっ。

観音開きの扉を無理に開けようとする、なんとも悍ましい物音へと変わった。

……頼むから、そこにいて。

彼女は心の中で念じながら、御札による目張りを続けたが、そこで恐ろしい可能性にようやく気づいた。

あれが正面の扉を諦めて、次に障子を試しはじめたら……。

すでに目張りを終えた左側なら問題ないが、もしも右側の障子に手をかけられたら、簡単に侵入されてしまう。

がたがたがたっ、がたがたがたっ。

いつまでも扉に構っているはずがない。あれは今にも左右どちらかの障子に動くだ

ろう。そうなってからでは遅い。しかし、どうすれば良いのか。

手を休めることなく目張りを続けながら、必死に由羽希は考えた。その結果、本当はやりたくなかったが、ある案が浮かんだ。

こっち側に、あれの注意を引くしかない。

まったく危険がないわけではない。だが他に良い手段がない以上、それに賭《か》けるしかなかった。

足元の床を素早く見回すと、招き猫と鈴がセットになったキーホルダーが目についた。それを拾い上げると、「ごめんね」と呟いて謝ってから――御祓いが済んでいるとはいえ忌物には違いない――正面扉の左横の障子を目がけて、放物線を描くように投げた。

かたっ、ちりん。

キーホルダーが床に落ちたとたん、ぴたっと扉を揺すっていた物音が止んだ。しかし、それも束の間だった。

がた、がた。がたがたがたっ。

すぐに左横の障子が、激しく揺れはじめた。由羽希の思惑が当たったのである。

今のうちに、残りの御札を……。

ただし、この案は彼女が考えてもみなかった状況も齎《もたら》した。

がたがたがたっ、がたがたがたっ。

正面扉の左横の障子も開かないと分かると、さらに左隣の障子へ、あれが難なく移ったことである。あとはその繰り返しだった。

次の障子へ、また左へと、どんどん由羽希のいる所まで、あれが迫り出したのである。

追いつかれる。

もちろん由羽希も必死に頑張った。だが、とっくに舌は乾き切り、満足に唾液も出ない。そのため目張りのペースが、がくんと落ちた。はっと気づくと残りは三組もあるのに、すでに二つ前の障子まで、あれが来ている。

彼女が残りの一組目を済ますと、二つ前の障子が揺れた。二組目を終えると、一つ前の障子が鳴った。三組目は目張りするや否や、がたがたと目の前で轟《とどろ》いた。

……はぁ、はぁ、はぁ。

まさに間一髪である。荒い息の音を漏らさないように、苦労して呼吸を整える。そのまま座り込みそうになるのを、どうにか我慢する。休んでいる暇などない。

すぐに右側もやらないと。

そう考えたところで、廊下が静かなことに気づいた。つい先程まで騒がしく揺れていた障子が、今は完全に止まっている。

だけど、この障子の向こうに、あれがいる……。

そうっと足音を立てないように、ゆっくりと由羽希はその場を離れた。目指すのは正面扉の右横の障子である。あれが彼女の移動を察して廊下を戻ってこないうちに、できるだけ目張りを進めなければならない。

しかしながら本堂の床は、非常に歩きにくかった。至る所に忌物が転がっているせいだ。それを跨《また》ぎ、避け、迂回するのは大変だった。

絶対に蹴っ飛ばしたくないもの。

物音が立つからだが、それだけが理由ではない。やはり忌物だからだろう。いくら御祓い済みとはいえ、そんな代物を蹴る度胸は全然ない。

堂内を半ばまで戻ったとき、突然あれが動きはじめた。

ひた、ひた、ひたっ。

廊下を歩く足音が聞こえる。やはり正面に向かっているのか。そう思って耳を澄ませ、えっと意外な感に打たれた。

奥へ進んでる。

そちらに障子はもう一組もなく、祭壇の後ろは格子の嵌まった窓だけになる。ということは、あれが堂外を半周している間に、右側のすべての障子に御札を貼れるかもしれない。いや間違いなく全部に目張りできるだろう。

思わず由羽希は喜びかけたが、すぐさま恐ろしい可能性に思い至り、「あっ」と声を出してしまった。

あれが窓からでも入れるとしたら……。

家の自室に籠ったとき、内鍵をかけて洋箪笥で扉を塞いだのに、あれは侵入してきた。同じことが、ここでも起こるかもしれない。

すぐに祭壇の裏まで走ろうとして、とても間に合わないと分かった。むしろ派手な物音を立てることで、あれの注意を引いてしまう危険がある。

彼女は祭壇の左端まで忍び足で歩くと、そこから本堂の背面の壁の、一番右端の窓を見詰めた。万一あれが窓から入ってきたら、いったんこちらに引きつけたあと、庫裡側の障子から逃げる。天空は激怒するだろうが、他に方法はない。

ひた、ひた、ひたっ。

あれが本堂の側面から背後の廊下に入ってきた。

どうか通り過ぎますように。

由羽希は祈った。普通なら両目を閉じるところだが、逆に目一杯に見開きながら、ひたすら祈った。

ひた、ひた、ひた、ひた。

ちょうど右端の窓の辺りで、あれが立ち止まったような気配がした。今にも窓か

ら、にゅうっと黒い頭が覗いて、するするっと堂内に侵入してくる。そんな風に半ば彼女が覚悟を決めていると、

ひた、ひた、ひたっ。

あれの歩き出す足音が聞こえ、ほっとすると同時に、どっと一気に疲れを覚えた。だが愚図愚図してはいられない。墓地に面した側面の一番右端の障子から順に、御札による目張りを再開する。それを側面の角まで済ませ、次は正面の障子に移るというときに、

がた、がた。がたがたがたっ。

墓地側で最初に目張りした障子が、激しく揺れはじめた。あれが廊下の半周を終えて、再び堂内への侵入を図ろうとしている。

とたんに由羽希の手が震え出した。そのため満足に御札を貼ることができない。

大丈夫よ、しっかり。

必死に自分を宥めつつ励ます。墓地側で貼り終えた障子より、これから目張りする障子のほうが、明らかに数は少ない。あれが追いつく前に、余裕で済ませることができるに違いない。

がたがたがたっ、がたがたがたっ。

ただ少し気になるのは、目の前の障子を諦めて次の障子に移る間が、次第に早まっ

ているように感じられることである。

そのうち庫裡側と同じような追っかけっこ状態に、結局なった。あれが御札を貼られた障子を揺さ振りながら、どんどん迫ってくる。それに追いつかれないように、彼女が新たな障子に目張りをしていく。

最後の一組では、唾をつけた御札を閉じ目の段差に貼った直後に、がたがたっと障子が揺さ振られ、由羽希は肝を冷やした。もう数秒でも遅れていたら、彼女の目の前で障子が開かれ、あれに襲われていたところである。

すとんと腰が抜けたようになり、由羽希はその場に座り込んだ。

ばん、ばん、ばんっ。

すると突然、正面の扉が物凄い力で叩《たた》かれた。あれの憤怒の様が手に取るように分かるほど、凄まじい物音である。だがお蔭で、彼女は正気づけた。

あっ、まだ窓が残ってる。

急いで立ち上がり走り出す。あれに気づかれるかと怯えたが、幸い扉を叩くのに夢中らしい。その間に、背面のすべての窓に御札を貼ることができた。

「……ふうっ」

口から大きく息を吐きつつ、祭壇の前まで戻ったところで、今度こそ由羽希は座り込んだ。天空は祈れと言っていたが、さすがに今すぐは無理である。

半ば放心したような状態で堂内を見回して、すうっと彼女の顔から血の気が引いていく。

……御札が剝《は》がれかけてる。

正面の扉に貼った御札が、ぺろっと今にも落ちそうだった。慌てて障子を確認すると、同じように剝がれかけている御札が、他にも見つかった。

あれに揺さ振られたから……。

糊ではなく唾液で貼っている点も、きっと原因の一つだろう。

由羽希は忍び足で堂内を移動しながら、一つずつ補修作業を熟《こな》していった。再び貼り直しても不安な障子は、御札を二枚にして補強した。そうして全部の御札を使い切った。

「黒猫先生、ごめんね」

彼女が目張りをしている間、ずっと祭壇の蔭で蹲《うずくま》っていた黒猫を抱え上げ、まず頰ずりをして緊張を解《ほぐ》す。それから祭壇の前に座ると、黒猫を膝《ひざ》の上に載せたまま、両手を合わせて祈りはじめた。

お祖母ちゃん、どうか成仏して下さい。

お母さん、どうぞ元に戻って下さい。

最初はそんな文言を思い浮かべていたが、そのうち何も考えなくても、ただ「祈る」という行為ができる気がしてきた。

あれは正面の扉に戻って一通り騒いだあと、今は静かになっている。まだ本堂の外にいるのかどうか、それさえ分からないが、このまま夜明けを迎えられるかもしれない。そう思えるからこそ彼女も、きっと心を無にして祈れるのだろう。

神仏にお祈りするって、こういうことだったのか。

なんとなく理解できた気になっていると、ふと囁き声が聞こえてきた。

「……ここは、どこ」

とっさに声のした墓地側を見やると、

「……わたしは、どうして、ここにいるの」

途方に暮れたような呟きが、さらに弱々しく続いた。

「……こわい。なんだか、こわい」

それは紛れもなく母親の声だった。普段より低かったが、祖母の葬儀から帰宅したときに比べると、遥かにまともに聞こえている。

「……たすけて。だれか、たすけて」

「お、お母さん？」

だから由羽希も、つい応答してしまった。小声しか出なかったが、思わず母親に呼びかけていた。

「えっ……ゆうきなの」

「う、うん」

「どこにいるの。はっきりときこえない」

彼女は黒猫を膝から降ろして立ち上がると、そろそろと声のする障子に近づいて行った。

「ここよ。御堂の中にいるの」

「……おどう」

「うん。ここは遺仏寺なの」

「えっ……。いったいどうして、わたしは、そんなところに……」

砂歩きの説明をしようかと思ったが、徒に母親を怖がらせるだけだと考えて止める。とにかく今は、少しでも安心させることだ。

「私もね、気がついたら、このお寺を目指してたの。きっとお母さんも一緒よ」

「……そう。そうだったの」

「あとは天空さん――ここの住職に任せたらいいよ」

「そうね」

「もう心配ないから」

「それじゃ、おかあさんも、そっちにいくわ」

「うん。一緒にお祈りしよう」

「ゆうき、ここをあけて」

「ちょっと待って」

もう少しで障子に手が届くというところで、由羽希の足が何かにぶつかった。足元を見ると、なんと黒猫が座っている。

「黒猫先生、そんなとこにいると踏んじゃうよ」

彼女が迂回しかけると、黒猫が先回りをする。仕方なく跨ごうとしたら、両の前脚で片足を抱えるようにして、にゃーにゃーと鳴きはじめた。

「ちょっと、どうしたの」

腰を落として、黒猫の頭を撫《な》でたとたん、はっと由羽希は我に返った。

私……、あれを入れようとしてたんだ……。

ぞわわわわぁぁぁっと全身に鳥肌が立ち、ぶるぶるっと震えが走る。急いで黒猫を抱き上げると、祭壇まで小走りで戻った。

「ゆうき、はやくあけて」

あれの声が後ろから響くが、もちろん無視する。

「どうしたの、おかあさんを、はやくいれてちょうだい」

しかし廊下の声は執拗《しつよう》だった。

「ここは、さむいの」

「それに、こわいの」

「おかあさん、もうたえられない」

「ゆうき、おねがい」

「はやくしないと、おばあちゃんがくる」

「おばあちゃんに、つれていかれるまえに、おかあさんをたすけて」

「ねぇ、ゆうき」

「ゆうき」

「ゆうき」

「ゆうき」

少しの間を空けながらも、娘の名前を呼んでいる。

由羽希は両手で両耳を塞ぐと、両目を閉じたまま祭壇の前に蹲った。両肘《りょうひじ》とお腹《なか》で黒猫を包み込むようにしながら、時が過ぎて夜が明けることを、ひたすら祈った。

とてつもない時間が流れたかのように思えたころ、微かに声が聞こえた。

再びはじまったのかと怯えたが、先程とは違うような気がして、両手を両耳から離してみると、

「おーい」

誰かが正面の扉の向こうで、堂内に呼びかけている。

「おーい、夜が明けたぞぉ」

はっと周りを見回すと、薄《うっす》らと障子の向こうが明るい。それを認めたとたん、声の主が天空だと分かった。

「……は、はい」

急いで返事をしたところ、

「おう、ようやくか。まさか寝とったんやないやろな」

いかにも天空らしい返しがあって、つい由羽希は嬉しくなった。

すやすやと眠っている黒猫を、そっと優しく床に降ろす。それから彼女は立ち上がり、祭壇から離れようとして、思わず転びそうになった。両脚とも痺《しび》れていて、ほとんど満足に歩けない。

「こら、何をしとるんや」

さっそく天空の叱責が飛んでくる。

「ちょっと、足が痺れて……」

「あのなぁ」

呆れたような声のあとで、

「廊下は寒いんや、早《はよ》う入れてくれ」

「ですから、待って下さいって」

由羽希は痺れる足を騙《だま》し騙ししつつ、なんとか正面の扉に向かおうとした。だが、まるで蝸牛《かたつむり》のようにしか進めない。その間にも「早う」と催促する声が、ずっと続いている。

ようやく扉の前まで到着して、

「お待たせしました」

取り敢えず謝ってから、べりっと御札を剝がしたときである。

にゃぁぁぁぁっっ。

背後から物凄い猫の叫び声がして、とっさに彼女が振り返ると、とてつもない勢いで駆けてくる黒猫の姿が目に入った。

その様はどう見ても、扉を開けようとしている由羽希を止めるために、としか映らない。

えっ……どうして？

そう思った瞬間、薄明だった障子の向こうが、急に暗くなった。夜が明けたと喜んだのは、まさか間違いだったのか。

ということは……。

扉の向こうにいるのは、天空ではない？

「早う」とは口にしたが、「早う、早う」とは決して続けなかった。

なぜなら人ではないから……。

それなのに御札を剝がしてしまった……。

ばんっ。

扉が開いて、あれが侵入してくる。もう逃げることは絶対にできない。

圧倒的な絶望感に囚われ、へなへなとその場にへたり込む由羽希に、黒猫が跳びついてきた。道連れにしては駄目だと思いながらも、つい抱き締めてしまう。

「黒猫先生……」

ばんっ。

彼女が猫の名前を呼ぶのと、扉が外から叩かれるのとが、ほぼ同時だった。

「えっ……」

顔を上げると、扉は少しも開いていない。よくよく眺めて、二枚目の御札が貼られていることに、ようやく気づく。最後に余った御札で補強をしたとき、正面の扉にも二度目の目張りをしたことを、すっかり忘れていたのだ。

……助かった。

そこからは、あれが扉を叩き、また障子を揺さ振る音が、しばらく続いた。それが急にぴたっと止んだと思ったら、ひた、ひた、ひたっ……と今度は外廊下を歩き回る気配が伝わってきた。しかも堂内に向けて、「ねぇ、いれて」「ゆうき、いれてよ」と母親の声で、ずっと呼びかけている。

それを由羽希は強靭な精神力で、完全に無視した。

とにかく朝になって、天空さんが来てくれるまで、なんとしても頑張る。

そう自分に言い聞かせる。しかし強く決意する側から、とてつもなく恐ろしい疑問が頭を過ぎる。

本当に夜が明けたことを、どうやって確かめるのか。

天山天空が本物であることを、いかにして認めるのか。

すべてはあれのまやかしかもしれないのに……。

やがて障子の外が、次第に白々としはじめた。先程と同じように、薄らと明るくなり出している。

けど、すぐには信じられない。ううん、信用してはいけない。

だけど、だったらいつ終わるのか。もう大丈夫だよと、誰が言ってくれるのか。

ふっと眩暈《めまい》を覚える。

気が遠くなるような、意識が薄らぐような、怖いけれども気持ちが良さそうな、そんな感覚に見舞われる。

妙に矛盾した気分に包まれたまま、昏睡《こんすい》する如く由羽希は……。

＊

由羽希が目を覚ますと、まったく見知らぬ場所にいた。すぐさま物凄い恐怖を感じたが、そこが病院のベッドの上だと分かるまで、それほど時間はかからなかった。

医師と父親の話によると、五日間も意識不明だったらしい。出張から帰宅した父親が、ベッドに不自然な格好で座ったまま気を失っている娘を見つけ、救急車を呼んだ。しかし入院しても、原因がまったく分からない。

その日の午前中、遠巳家からの電話が留守録に入っていた。あとで父親が連絡すると、いつまでも母親が起きてこないので、親戚の者が部屋に行くと、蒲団《ふとん》の中で冷たくなっていたと言われた。のちに死亡時刻が、前夜の十時から十二時の間と判明するのだが、それを聞いて由羽希は納得した。だが、あの体験も遺仏寺のことも、父親をはじめ誰にも話さなかった。

由羽希が入院している間に、母親の葬儀は済んでいた。だから通夜や葬儀に、親戚の誰が来たのかまったく知らない。ただ糸藻沢地方の集落では今ごろ、「遠巳家の刀自が、家を出たあと嫁いだ娘を引っ張った」とでも、きっと噂《うわさ》しているに違いない。

遺仏寺の本堂で何があったのか。

いくら考えても分からなかった。最後はぷつんっと意識が途切れたような、そういう感覚を味わった気がする。

天空さんの御祓いが終わり、そして夜も明けたから……。

病院に担ぎ込まれていた由羽希の肉体に、いきなり彼女の魂が戻れたのだろうか。

そうとでも解釈しなければ、あの状況は説明できない。

お礼も言えなかった。

正直なところ、忌物に纏わる怪異譚蒐集に付き合わされたのではないか、という疑いはまだ持っているが、天空に助けられたのは事実である。

電話をかけるか、手紙を書くか。

かなり迷ったが、ちゃんと会ってお礼を口にしたいと思った。とはいえ糸藻沢地方を訪れ、五つの集落を辿《たど》りながら遺仏寺まで行く道程を思い浮かべると、心底げんなりする。

そうだ。黒猫先生にも、お礼をしなくっちゃ。

ところが、そう考えたとたん、遺仏寺を訪ねるのが苦でなくなった。このことを天空が知ったら、

「俺は猫のついでか」

と言って怒り出すだろう。その様が目に浮かび、彼女は久し振りに笑った。

この由羽希の気持ちに嘘はなかったが、養生をしているうちに高校の入学式を迎え、それどころではなくなった。天空と黒猫のことを気にしつつも、いつしか彼女は新しい生活を楽しみはじめていた。

よって宮里由羽希が、遺仏寺の天山天空と黒猫に再会し、新たな忌物の怪異譚に震える羽目になるのは、もう少し先の話になる。

解説

牧原勝志（『幻想と怪奇』編集者）

三津田信三氏は海外怪奇小説の熱心な読者である。それが直接現れているのが、氏が編纂した怪奇小説アンソロジー『怪異十三』（原書房）で、タイトルどおりの十三編のうち、六編を海外の作品が占めている。R・L・スティーヴンスン「ねじけジャネット」のような古典的名作から、ウィリアム・F・ハーヴィー「旅行時計」のような知る人ぞ知る傑作まで、同好の士であれば「さすが」と膝《ひざ》を叩く逸品ばかりだ。その中に、M・R・ジェイムズ（一八六二―一九三六）の「笛吹かば現れん」がある。三津田氏が敬愛してやまぬ、イギリスを代表するこの怪奇作家の数ある短編の中でも、巧緻さが際立つ傑作だ。

これから読む方のために、出だしを紹介してみよう。ある大学教授が夏休みに、旅先で聖堂騎士団の遺跡に立ち寄り、古い笛を掘り出す。土を取りのけ、謎めいた文言の刻まれた笛を吹いてみると、教授の身辺に奇怪なことが起きはじめる。終盤では「怪物」が堂々と姿を現すが、馬鹿馬鹿しくはならず、怖さが最後まで勢いを失わない。それは、構成がきちんとしていて伏線が丁寧に張られ、終始理屈が通っているからだ。ミステリ同様、小説の構造が論理的である、と言えるだろう。思えばイギリスではミステリもホラーも教養高い紳士淑女のたしなみ、文人とあれば少なくともどちらかを一度は手がけているもの。ジェイムズは趣味嗜好としてはホラー寄りだったが、ミステリにも造詣が深かったにちがいない。

M・R・ジェイムズは『吸血鬼カーミラ』などで知られるアイルランドの小説家、J・シェリダン・レ・ファニュ（一八一四―七三）を再評価した人でもある。レ・ファニュは『アンクル・サイラス』や『ゴールデン・フライヤーズ奇談』などのスリラーを得意としたが、ジャンルがまだ未分化だった時代なだけに、作中で起きる怪異は人のたくらみか、あるいは超自然な現象なのか終盤まではっきりさせず、お話がミステリになるかホラーになるか、読んでいるあいだじゅう油断がならない。さらに、精神医学者ヘッセリウス博士が超自然の怪異に挑む傑作「緑茶」などの怪奇探偵小説も手がけており、ミステリとホラー、双方の先駆者と言えるだろう。

こうしてみると、レ・ファニュのアイルランドからジェイムズのイギリスに流れた怪奇と推理の伏流水が、時を隔てて三津田氏が日本に掘った井戸から湧き出したかのようだ。思えば、三津田氏のデビュー作『ホラー作家の棲む家』（のちに改稿改題『忌館』）を一読したときは、「日本にM・R・ジェイムズの味わいを持つ作家が現れた」と興奮したものだった。今になって、刀城言耶や物理波矢多が活躍するミステリを読んでも、『のぞきめ』や『怪談のテープ起こし』、あるいは短編集『誰かの家』など、よりホラーとしての純度の高い作品を読んでも、そのたびにあのときの興奮を思い出す。なお、余談ながら私は現在、紀田順一郎・荒俣宏両氏が一九七〇年代に創刊した幻想文学専門誌『幻想と怪奇』の後継となる同題アンソロジーの企画・編集をしており、二〇二〇年二月に刊行した第一巻には、三津田氏にエッセイ「レ・ファニュを偏愛す」を寄稿していただいた。

海外の古典ホラーを連想させるものの、三津田作品の味わいは、むしろ和風だ。『怪異十三』に選ばれた日本の作品が、岡本綺堂（こちらもまた三津田氏が敬愛する作家だ）の「寺町の竹藪《たけやぶ》」や橘外男の「逗子物語」などの純和風怪談であることも、それを裏付けているように思う。だが、海外の名作を想起させるのは、三津田氏が内外ともに、ホラーの先達の作品を熟知しているからだろう。レ・ファニュやジェイムズの作品との共通項を感じるのは、敬愛ゆえにだけではなく、彼らの怪談のエッセンスを手中におさめているからにちがいない。

本書『忌物堂鬼談』は、岡本綺堂の『青蛙堂鬼談』を連想させるタイトルが示すように、ホラーの色彩が濃い連作だ。

主人公の宮里由羽希は、来たる四月に高校入学を控えた中学三年生。彼女は事情あって、糸藻沢の漁村、内之沢にある母の実家に身を寄せている。幼い頃から祖父母の家はあまり居心地がよくはなかったが、糸藻沢という土地や、集落を五つ隔てた先にある遺仏寺、そして彼女が「黒猫先生」と名づけた、寺にいる猫は気に入っていた。今、由羽希は得体の知れない恐怖につきまとわれ、遺仏寺を目指して走っている。

遺仏寺にはまだ「黒猫先生」はいたが、住職はすでに亡く、息子の天山天空が跡を継ぎ、本堂は古ぼけた我楽多《がらくた》に埋めつくされていた。天空によればそれらはすべて、所有しているだけで祟《たた》られてしまう「忌物」だという。そして、なぜここまで走ってきたか記憶も曖昧な由羽希もまた、忌物を持ってきたのだ、と。第一夜「砂歩き」はこのように始まり、以降、由羽希は自分に迫る恐怖を祓《はら》ってもらう代償として、この美形の青年僧が語る「忌物」の怪談を聞き、書きとめていく。

この設定から、海外ホラーの愛読者であれば、M・R・ジェイムズの最初の短編集が『好古家の怪談集』という題名であったことを思い出すことだろう。もっともこちらは、由羽希が本堂の我楽多を見て「売れないアンティークショップみたい」と思うくらいなので、ジェイムズ描く貴重な写本や謎めいた銅版画といった、高値のつきそうなものは話に出てこない。たとえば第二夜「後ろ立ち」で語られるのは、アパートの階段の下にあった安そうなスリッパだ。

そしてもちろん、この連作がオーソドックスな古物怪談で終わるはずもない。続く第三夜「一口告げ」の主人公はアンティークショップに通う女性となり、話は一見、忌物だらけのようになる。さらに第四夜「霊吸い」では、天空が語った事件に出てくるもののどれが忌物であるかを由羽希が推理することになる。このように、語られる怪談も、現れる忌物も、一夜ごとに変わっていく。

そして、最終夜「にてひなるもの」で、物語はさらに大きな変化を見せる。由羽希につきまとっていた「何か」がついにその姿を現し、恐怖が頂点に達するのだが、ミステリとしては解決編であり、読者はこれまでの四話になされていた周到な仕掛けに驚かずにはいられないだろう。

本作を読んで、筋立ても仕掛けも似てはいないのだが、なぜかM・R・ジェイムズの「秦皮《とねりこ》の樹」を思い出した。魔女裁判にかかわったある一族をめぐる因縁と連続怪死事件がドイルの「バスカヴィル家の犬」よろしく語られ、結末では怪異の正体が暴かれるという、論理的な構造で語られた怪談の傑作だ。そして、三津田氏のホラー作品もまた、ミステリ作品と同様、物語の論理は確としており、だからこそ恐怖も鮮烈だ。さらに加えて、トリッキーな仕掛けも忍ばせてある。これは論理的なホラーなのか、恐怖に満ちたミステリなのか、と線引きに悩む必要はないだろう。ホラーとミステリ、どちらに落ち着くにせよ、双方のもっとも愉しいところを併せ持つのが三津田信三の小説なのだから。

本書は論理も仕掛けも具《そな》えた、作者ならではの愉しみを満喫させてくれる一冊である。このたび本書がより手に取りやすい文庫となり、その愉しみをさらに多くの読者と分かち合えることを、あらためて喜びたい。

この作品は二〇一七年九月に講談社ノベルスとして刊行されました。

|著者|三津田信三　編集者を経て2001年『ホラー作家の棲む家』（講談社ノベルス/『忌館《いかん》』と改題、講談社文庫）で作家デビュー。2010年『水魑《みづち》の如き沈むもの』（原書房／講談社文庫）で第10回本格ミステリ大賞受賞。本格ミステリとホラーを融合させた独自の作風を持つ。主な作品に『忌館』に続く『作者不詳』などの〝作家三部作〟（講談社文庫）、『厭魅《まじもの》の如き憑《つ》くもの』に始まる〝刀城言《とうじょうげん》耶《や》〟シリーズ（原書房/講談社文庫）、『禍家《まがや》』に始まる〝家〟シリーズ（光文社文庫/角川ホラー文庫）、『十三の呪《じゅ》』に始まる〝死相学探偵〟シリーズ（角川ホラー文庫）、『どこの家にも怖いものはいる』に始まる〝幽霊屋敷〟シリーズ（中央公論新社/中公文庫）、『黒面の狐』に始まる〝物理波矢多〟シリーズ（文藝春秋/文春文庫）などがある。刀城言耶第三長編『首無《くびなし》の如き祟るもの』は『2017年本格ミステリ・ベスト10』（原書房）の過去20年のランキングである「本格ミステリ・ベスト・オブ・ベスト10」1位となった。

忌物堂鬼談《いぶつどうきだん》

三津田信三《みつだしんぞう》

講談社文庫

定価はカバーに
表示してあります

2020年10月15日第1刷発行

発行者――渡瀬昌彦
発行所――株式会社　講談社
東京都文京区音羽2-12-21　〒112-8001
電話　出版（03）5395-3510
　　　販売（03）5395-5817
　　　業務（03）5395-3615

Printed in Japan

デザイン―菊地信義
本文データ制作―株式会社新藤慶昌堂
印刷―――豊国印刷株式会社
製本―――株式会社国宝社

ISBN978-4-06-521364-3

講談社文庫刊行の辞

二十一世紀の到来を目睫に望みながら、われわれはいま、人類史上かつて例を見ない巨大な転換期をむかえようとしている。

世界も、日本も、激動の予兆に対する期待とおののきを内に蔵して、未知の時代に歩み入ろうとしている。このときにあたり、創業の人野間清治の「ナショナル・エデュケイター」への志を現代に甦らせようと意図して、われわれはここに古今の文芸作品はいうまでもなく、ひろく人文・社会・自然の諸科学から東西の名著を網羅する、新しい綜合文庫の発刊を決意した。

激動の転換期はまた断絶の時代である。われわれは戦後二十五年間の出版文化のありかたへの深い反省をこめて、この断絶の時代にあえて人間的な持続を求めようとする。いたずらに浮薄な商業主義のあだ花を追い求めることなく、長期にわたって良書に生命をあたえようとつとめるところにしか、今後の出版文化の真の繁栄はあり得ないと信じるからである。

同時にわれわれはこの綜合文庫の刊行を通じて、人文・社会・自然の諸科学が、結局人間の学にほかならないことを立証しようと願っている。かつて知識とは、「汝自身を知る」ことにつきていた。現代社会の瑣末な情報の氾濫のなかから、力強い知識の源泉を掘り起し、技術文明のただなかに、生きた人間の姿を復活させること。それこそわれわれの切なる希求である。

われわれは権威に盲従せず、俗流に媚びることなく、渾然一体となって日本の「草の根」をかたちづくる若く新しい世代の人々に、心をこめてこの新しい綜合文庫をおくり届けたい。それは知識の泉であるとともに感受性のふるさとであり、もっとも有機的に組織され、社会に開かれた万人のための大学をめざしている。大方の支援と協力を衷心より切望してやまない。

一九七一年七月

野間省一

講談社文庫 最新刊

瀬戸内寂聴　いのち

大病を乗り越え、いのちの炎を燃やして95歳で書き上げた「最後の長編小説」が結実！

真山　仁　シンドローム(上)(下)〈ハゲタカ5〉

電力は国家、ならば国ごと買い叩く。ダークヒーロー鷲津が牙を剝《む》く金融サスペンス！

浅田次郎　地下鉄《メトロ》に乗って〈新装版〉

浅田次郎の原点である名作。地下鉄駅の階段を上がるとそこは30年前。運命は変わるのか。

佐々木裕一　くもの頭領〈公家武者　信平《のぶひら》(九)〉

三万の忍び一党「蜘蛛《くも》」を束ねる頭領を捜せ！実在の傑人・信平を描く大人気時代小説。

狐のちょうちん〈公家武者信平ことはじめ(一)〉

実在の公家侍・信平を描く大人気シリーズ、その始まりの物語が大幅に加筆し登場！

知野みさき　江戸は浅草3〈桃と桜〉

江戸人情と色恋は事件となって現れる——大注目の女性時代作家、筆ますます冴え渡る！

西村京太郎　十津川警部　山手線の恋人

山手線新駅建設にからみ不可解な事件が続発。十津川は裏に潜む犯人にたどり着けるのか？

野村克也　宮本慎也　師弟

ヤクルトスワローズの黄金期を築いた二人に学ぶ、「結果」を出すための仕事・人生論！

本谷有希子　静かに、ねぇ、静かに

SNSに頼り、翻弄され、救われる僕たちの空騒ぎ。SNS三部作！　芥川賞受賞後初作品集。

講談社文庫　目録

三津田信三　ついてくるもの
三津田信三　誰かの家
宮田珠己　ふしぎ盆栽ホンノンボ
道尾秀介　カラスの親指 〈by rule of CROW's thumb〉
道尾秀介　水の柩
深《み》木《き》章《あき》子《こ》　鬼畜の家
深木章子　螺《ら》旋《せん》の底
湊かなえ　リバース
宮内悠介　彼女がエスパーだったころ
宮乃《みやの》崎《さき》桜子《さくらこ》　綺《き》羅《ら》の皇女《ひめみこ》(1)
宮乃崎桜子　綺羅の皇女(2)
村上　龍　海の向こうで戦争が始まる
村上　龍　走れ！タカハシ
村上　龍　愛と幻想のファシズム(上)(下)
村上　龍　音楽の海岸
村上　龍　村上龍料理小説集
村上　龍　村上龍映画小説集
村上　龍　新装版 限りなく透明に近いブルー
村上　龍　新装版 コインロッカー・ベイビーズ

村上　龍　歌うクジラ(上)(下)
向田邦子　新装版 眠る盃
向田邦子　新装版 夜中の薔薇
村上春樹　風の歌を聴け
村上春樹　1973年のピンボール
村上春樹　羊をめぐる冒険(上)(下)
村上春樹　カンガルー日和
村上春樹　回転木馬のデッド・ヒート
村上春樹　ノルウェイの森(上)(下)
村上春樹　ダンス・ダンス・ダンス(上)(下)
村上春樹　遠い太鼓
村上春樹　国境の南、太陽の西
村上春樹　やがて哀しき外国語
村上春樹　アンダーグラウンド
村上春樹　スプートニクの恋人
村上春樹　アフターダーク
村上春樹・佐々木マキ 絵　羊男のクリスマス
村上春樹・佐々木マキ 絵　ふしぎな図書館
村上春樹・糸井重里　夢で会いましょう

村上春樹・文　安西水丸・絵　ふわふわ
U・K・ル＝グウィン　村上春樹 訳　空飛び猫
U・K・ル＝グウィン　村上春樹 訳　帰ってきた空飛び猫
U・K・ル＝グウィン　村上春樹 訳　素晴らしいアレキサンダーと、空飛び猫たち
U・K・ル＝グウィン　村上春樹 訳　空を駆けるジェーン
T・ファリッシュ著　B・ルート絵　村上春樹 訳　ポテト・スープが大好きな猫
群ようこ　いいわけ劇場
村山由佳　永遠。
村山由佳　天翔る
睦月影郎　新・平成好色一代男 隣人と。女子アナと。
睦月影郎　密通妻
睦月影郎　卒業一九七四年
睦月影郎　初夏一九七四年
睦月影郎　快楽のグルメ
睦月影郎　快楽のリベンジ
睦月影郎　快楽ハラスメント
睦月影郎　快楽アクアリウム
向井万起男　渡る世間は「数字」だらけ
村田沙耶香　授乳

村田沙耶香 マウス
村田沙耶香 星が吸う水
村田沙耶香 殺人出産
村瀬秀信 気がつけばチェーン店ばかりでメシを食べている
村瀬秀信 それでも気がつけばチェーン店ばかりでメシを食べている
室積 光 ツボ押しの達人
室積 光 ツボ押しの達人 下山編
森村誠一 悪道
森村誠一 悪道 西国謀反
森村誠一 悪道 御三家の刺客
森村誠一 悪道 五右衛門の復讐
森村誠一 悪道 最後の密命
森村誠一 棟居刑事の復讐
森村誠一 日蝕の断層
森村誠一 ねこの証明
毛利恒之 月光の夏
森 博嗣 すべてがFになる〈THE PERFECT INSIDER〉
森 博嗣 冷たい密室と博士たち〈DOCTORS IN ISOLATED ROOM〉
森 博嗣 笑わない数学者〈MATHEMATICAL GOODBYE〉
森 博嗣 詩的私的ジャック〈JACK THE POETICAL PRIVATE〉
森 博嗣 封印再度〈WHO INSIDE〉
森 博嗣 幻惑の死と使途〈ILLUSION ACTS LIKE MAGIC〉
森 博嗣 夏のレプリカ〈REPLACEABLE SUMMER〉
森 博嗣 今はもうない〈SWITCH BACK〉
森 博嗣 数奇にして模型〈NUMERICAL MODELS〉
森 博嗣 有限と微小のパン〈THE PERFECT OUTSIDER〉
森 博嗣 黒猫の三角〈Delta in the Darkness〉
森 博嗣 人形式モナリザ〈Shape of Things Human〉
森 博嗣 月は幽咽のデバイス〈The Sound Walks When the Moon Talks〉
森 博嗣 夢・出逢い・魔性〈You May Die in My Show〉
森 博嗣 魔剣天翔〈Cockpit on knife Edge〉
森 博嗣 恋恋蓮歩の演習〈A Sea of Deceits〉
森 博嗣 六人の超音波科学者〈Six Supersonic Scientists〉
森 博嗣 捩れ屋敷の利鈍〈The Riddle in Torsional Nest〉
森 博嗣 朽ちる散る落ちる〈Rot off and Drop away〉
森 博嗣 赤緑黒白〈Red Green Black and White〉
森 博嗣 四季 春～冬
森 博嗣 φ《ファイ》は壊れたね〈PATH CONNECTED φ BROKE〉
森 博嗣 θ《シータ》は遊んでくれたよ〈ANOTHER PLAYMATE θ〉
森 博嗣 τ《タウ》になるまで待って〈PLEASE STAY UNTIL τ〉
森 博嗣 ε《イプシロン》に誓って〈SWEARING ON SOLEMN ε〉
森 博嗣 λ《ラムダ》に歯がない〈λ HAS NO TEETH〉
森 博嗣 η《イータ》なのに夢のよう〈DREAMILY IN SPITE OF η〉
森 博嗣 目薬α《アルファ》で殺菌します〈DISINFECTANT α FOR THE EYES〉
森 博嗣 ジグβ《ベータ》は神ですか〈JIG β KNOWS HEAVEN〉
森 博嗣 キウイγ《ガンマ》は時計仕掛け〈KIWI γ IN CLOCKWORK〉
森 博嗣 χ《カイ》の悲劇〈THE TRAGEDY OF χ〉
森 博嗣 イナイ×イナイ〈PEEKABOO〉
森 博嗣 キラレ×キラレ〈CUTTHROAT〉
森 博嗣 タカイ×タカイ〈CRUCIFIXION〉
森 博嗣 ムカシ×ムカシ〈REMINISCENCE〉
森 博嗣 サイタ×サイタ〈EXPLOSIVE〉
森 博嗣 ダマシ×ダマシ〈SWINDLER〉
森 博嗣 女王の百年密室〈GOD SAVE THE QUEEN〉
森 博嗣 迷宮百年の睡魔〈LABYRINTH IN ARM OF MORPHEUS〉
森 博嗣 赤目姫の潮解〈LADY SCARLET EYES AND HER DELIQUESCENCE〉
森 博嗣 まどろみ消去〈MISSING UNDER THE MISTLETOE〉

講談社文庫　目録

森 博嗣　地球儀のスライス〈A SLICE OF TERRESTRIAL GLOBE〉
森 博嗣　今夜はパラシュート博物館へ〈THE LAST DIVE TO PARACHUTE MUSEUM〉
森 博嗣　虚空の逆マトリクス〈INVERSE OF VOID MATRIX〉
森 博嗣　レタス・フライ〈Lettuce Fry〉
森 博嗣　僕は秋子に借りがある I'm in Debt to Akiko〈森博嗣自選短編集〉
森 博嗣　どちらかが魔女 Which is the Witch?〈森博嗣シリーズ短編集〉
森 博嗣　探偵伯爵と僕〈His name is Earl〉
森 博嗣　喜嶋先生の静かな世界〈The Silent World of Dr.Kishima〉
森 博嗣　実験的経験〈Experimental experience〉
森 博嗣　そして二人だけになった〈Until Death Do Us Part〉
森 博嗣　つぶやきのクリーム〈The cream of the notes〉
森 博嗣　つぼやきのテリーヌ〈The cream of the notes 2〉
森 博嗣　つぼねのカトリーヌ〈The cream of the notes 3〉
森 博嗣　ツンドラモンスーン〈The cream of the notes 4〉
森 博嗣　つぼみ茸《きのこ》ムース〈The cream of the notes 5〉
森 博嗣　つぶさにミルフィーユ〈The cream of the notes 6〉
森 博嗣　月夜のサラサーテ〈The cream of the notes 7〉
森 博嗣　つんつんブラザーズ〈The cream of the notes 8〉
森 博嗣　100人の森博嗣〈100 MORI Hiroshies〉

森 博嗣　的を射る言葉〈Gathering the Pointed Wits〉
森 博嗣　カクレカラクリ〈An Automaton in Long Sleep〉
森 博嗣　DOG&DOLL
諸田玲子　森家の討ち入り
諸田玲子　其《そ》の一《いち》日《にち》
森 達也　「自分の子どもが殺されても同じことが言えるのか」と叫ぶ人に訊きたい
森 達也　すべての戦争は自衛から始まる
本谷有希子　腑抜けども、悲しみの愛を見せろ
本谷有希子　江利子と絶対〈本谷有希子文学大全集〉
本谷有希子　あの子の考えることは変
本谷有希子　嵐のピクニック
本谷有希子　自分を好きになる方法
本谷有希子　異類婚姻譚
茂木健一郎　「赤毛のアン」に学ぶ幸福《しあわせ》になる方法
茂木健一郎　東京藝大物語
茂木健一郎 with ダイアログ・イン・ザ・ダーク　まっくらな中での対話
森川智喜　キャットフード
森川智喜　スノーホワイト
森川智喜　一つ屋根の下の探偵たち

森 晶麿　ホテルモーリスの危険なおもてなし
森 晶麿　恋路ヶ島サービスエリアとその夜の獣たち
森 晶麿　M博士の比類なき実験
森林原人　セックス幸福論〈偏差値78のAV男優が考える〉
桃戸ハル編・著　5分後に意外な結末〈ベスト・セレクション〉
桃戸ハル編・著　5分後に意外な結末〈ベスト・セレクション　黒の巻・白の巻〉
山岡荘八　新装版 小説太平洋戦争　全6巻
山田風太郎　甲賀忍法帖〈山田風太郎忍法帖①〉
山田風太郎　伊賀忍法帖〈山田風太郎忍法帖③〉
山田風太郎　忍法八犬伝〈山田風太郎忍法帖④〉
山田風太郎　魔界転生(上)(下)〈山田風太郎忍法帖⑥⑦〉
山田風太郎　風来忍法帖〈山田風太郎忍法帖⑪〉
山田風太郎　新装版 戦中派不戦日記
山田正紀　大江戸ミッション・インポッシブル〈顔役を消せ〉
山田正紀　大江戸ミッション・インポッシブル〈幽霊船を奪え〉
山田詠美　晩年の子供
山田詠美　A《エイ》2《トゥ》Z《ズィ》
山田詠美　ジェントルマン
山田詠美　珠玉の短編

柳家小三治　ま・く・ら
柳家小三治　もひとつ ま・く・ら
柳家小三治　バ・イ・ク
山口雅也　垂里冴子のお見合いと推理
山本一力　深川黄表紙掛取り帖
山本一力　牡丹酒〈深川黄表紙掛取り帖(二)〉
山本一力　ジョン・マン1 波濤編
山本一力　ジョン・マン2 大洋編
山本一力　ジョン・マン3 望郷編
山本一力　ジョン・マン4 青雲編
山本一力　ジョン・マン5 立志編
椰月美智子　十二歳
椰月美智子　しずかな日々
椰月美智子　ガミガミ女とスーダラ男
椰月美智子　恋愛小説
椰月美智子　メイクアップ デイズ
柳　広司　キング&クイーン
柳　広司　怪談
柳　広司　ナイト&シャドウ

柳　広司　幻影城市
薬丸　岳　天使のナイフ
薬丸　岳　闇の底
薬丸　岳　虚夢
薬丸　岳　刑事のまなざし
薬丸　岳　逃走
薬丸　岳　ハードラック
薬丸　岳　その鏡は嘘をつく
薬丸　岳　刑事の約束
薬丸　岳　Aではない君と
薬丸　岳　ガーディアン
薬丸　岳　刑事の怒り
矢野龍王　箱の中の天国と地獄
山崎ナオコーラ　論理と感性は相反しない
山崎ナオコーラ　可愛い世の中
山田芳裕　へうげもの　一服
山田芳裕　へうげもの　二服
山田芳裕　へうげもの　三服
山田芳裕　へうげもの　四服

山田芳裕　へうげもの　五服
山田芳裕　へうげもの　六服
山田芳裕　へうげもの　七服
山田芳裕　へうげもの　八服
山田芳裕　へうげもの　九服
山田芳裕　へうげもの　十服
山田芳裕　へうげもの　十一服
山田芳裕　へうげもの　十二服
矢月秀作　A《ア》C《ク》T《ト》〈警視庁特別潜入捜査班〉
矢月秀作　A《ア》C《ク》T《ト》2 告発者〈警視庁特別潜入捜査班〉
矢月秀作　A《ア》C《ク》T《ト》3 掠奪〈警視庁特別潜入捜査班〉
矢野　隆　清正を破った男
矢野　隆　我が名は秀秋
矢野　隆　戦《いくさ》始末
矢野　隆　乱
山本　弘　僕の光輝く世界
山内マリコ　かわいい結婚
山本周五郎　さぶ〈山本周五郎コレクション〉
山本周五郎　白石城死守〈山本周五郎コレクション〉

講談社文庫　目録

吉川英梨 朽《く》海《かい》の城〈新東京水上警察〉
吉川英梨 海底の道化師〈新東京水上警察〉
薬丸岳／竹吉優輔／高野文緒／横関大／遠藤武文／翔田寛 デッド・オア・アライヴ
隆慶一郎 花と火の帝(上)(下)
隆慶一郎 時代小説の愉しみ
隆慶一郎 新装版 柳生刺客状
隆慶一郎 見知らぬ海へ〈レジェンド歴史時代小説〉
梨沙 華《はな》鬼《おに》
梨沙 華鬼 2
梨沙 華鬼 3
梨沙 華鬼 4
リレーミステリー 宮辻薬東宮
連城三紀彦 女王(上)(下)
連城三紀彦 著／綾辻行人／伊坂幸太郎／小野不由美／米澤穂信 編 連城三紀彦 レジェンド〈傑作ミステリー集〉
連城三紀彦 著／綾辻行人／伊坂幸太郎／小野不由美／米澤穂信 編 連城三紀彦 レジェンド2〈傑作ミステリー集〉
令《れい》丈《じょう》ヒロ子 原作・文／吉田玲子 脚本 小説 若おかみは小学生！〈劇場版〉
渡辺淳一 失楽園(上)(下)
渡辺淳一 男と女
渡辺淳一 泪《なみだ》壺《つぼ》

渡辺淳一 秘すれば花
渡辺淳一 化粧(上)(下)
渡辺淳一 あじさい日記(上)(下)
渡辺淳一 熟年革命
渡辺淳一 幸せ上手
渡辺淳一 新装版 雲の階段(上)(下)
渡辺淳一 麻酔〈渡辺淳一セレクション〉
渡辺淳一 阿寒に果つ〈渡辺淳一セレクション〉
渡辺淳一 何《いず》処《こ》へ〈渡辺淳一セレクション〉
渡辺淳一 光と影〈渡辺淳一セレクション〉
渡辺淳一 花《はな》埋《うず》み〈渡辺淳一セレクション〉
渡辺淳一 氷紋〈渡辺淳一セレクション〉
渡辺淳一 長崎ロシア遊女館〈渡辺淳一セレクション〉
渡辺淳一 遠き落日(上)(下)〈渡辺淳一セレクション〉
輪《わ》渡《たり》颯介 古道具屋 皆塵堂
輪渡颯介 猫除け 古道具屋 皆塵堂
輪渡颯介 蔵盗み 古道具屋 皆塵堂
輪渡颯介 迎え猫 古道具屋 皆塵堂
輪渡颯介 祟《たた》り婿《むこ》 古道具屋 皆塵堂

輪渡颯介 影憑《つ》き 古道具屋 皆塵堂
輪渡颯介 夢の猫 古道具屋 皆塵堂
輪渡颯介 溝《どぶ》猫《ねこ》長屋 祠《ほこら》之《の》怪《かい》
輪渡颯介 優しき悪霊〈溝猫長屋 祠之怪〉
輪渡颯介 欺きの童《わらし》霊《れい》〈溝猫長屋 祠之怪〉
輪渡颯介 物の怪斬り〈溝猫長屋 祠之怪〉
若杉冽 原発ホワイトアウト
綿矢りさ ウォーク・イン・クローゼット
和久井清水 水際のメメント〈きたまち建築事務所のリフォームカルテ〉
若菜晃子 東京甘味食堂

古典

高橋貞一校注　平家物語(上)(下)
中西進校注　万葉集　全訳注原文付　全四冊
中西進編　万葉集事典〈万葉集全訳注原文付・別巻〉
世阿弥編　川瀬一馬校注　花伝書(風姿花伝)

海外作品

小説

池田真紀子訳 ウェンディ・ウォーカー　まだすべてを忘れたわけではない
D・クロンビー 西田佳子訳　警視の週末
D・クロンビー 西田佳子訳　警視の挑戦
D・クロンビー 西田佳子訳　警視の哀歌
D・クロンビー 西田佳子訳　警視の謀略
ウィリアム・K・クルーガー 野口百合子訳　闇の記憶
キャロライン・ケプネス 白石　朗訳　YOU（上）（下）
P・コーンウェル 相原真理子訳　検屍官
P・コーンウェル 池田真紀子訳　死層（上）（下）
P・コーンウェル 池田真紀子訳　邪悪（上）（下）
P・コーンウェル 池田真紀子訳　烙印（上）（下）
R・ゴダード 北田絵里子訳　謀略の都（上）（下）〈1919年三部作①〉
R・ゴダード 北田絵里子訳　灰色の密命（上）（下）〈1919年三部作②〉

R・ゴダード 北田絵里子訳　宿命の地（上）（下）〈1919年三部作③〉
マイクル・コナリー 古沢嘉通訳　証言拒否（上）（下）〈リンカーン弁護士〉
マイクル・コナリー 古沢嘉通訳　転落の街（上）（下）
マイクル・コナリー 古沢嘉通訳　ブラックボックス（上）（下）
マイクル・コナリー 古沢嘉通訳　罪責の神々（上）（下）〈リンカーン弁護士〉
マイクル・コナリー 古沢嘉通訳　燃える部屋（上）（下）〈シリーズ25周年記念エッセイ収録〉
マイクル・コナリー 古沢嘉通訳　贖罪の街（上）（下）
マイクル・コナリー 古沢嘉通訳　訣別（上）（下）
マイクル・コナリー 古沢嘉通訳　レイトショー（上）（下）
マイクル・コナリー 古沢嘉通訳　汚名（上）（下）
ニール・シャスタマン 池田真紀子訳　奪《サ》命《イ》者《ズ》
ジェーン・シェミルト 北沢あかね訳　ナオミ
アンナ・スヌクストラ 北沢あかね訳　偽りのレベッカ
L・チャイルド 小林宏明訳　61時間（上）（下）
L・チャイルド 小林宏明訳　ネバー・ゴー・バック（上）（下）
L・チャイルド 小林宏明訳　パーソナル（上）（下）

リー・チャイルド 青木　創訳　ミッドナイト・ラン（上）（下）
リー・チャイルド 青木　創訳　葬られた勲章（上）（下）
エマ・ドナヒュー 土屋京子訳　部屋（上・インサイド）（下・アウトサイド）
ハックスリー 松村達雄訳　すばらしい新世界
スーザン・ヒル 幸田敦子訳　城の王
アリス・フィーニー 西田佳子訳　ときどき私は嘘をつく
C・J・ボックス 野口百合子訳　狼の領域
C・J・ボックス 野口百合子訳　冷酷な丘
C・J・ボックス 野口百合子訳　鷹の王
ポーラ・ホーキンズ 池田真紀子訳　ガール・オン・ザ・トレイン（上）（下）
ジョージ・ルーカス著 上杉隼人訳 杉山まどか訳　スター・ウォーズ〈エピソードIV 新たなる希望〉
ジョージ・ルーカス原作 ドナルド・F・グルート著 上杉隼人訳　スター・ウォーズ〈エピソードV 帝国の逆襲〉
ジョージ・ルーカス原作 ジェームズ・カーン著 上杉隼人訳　スター・ウォーズ〈エピソードVI ジェダイの帰還〉
J・J・エイブラムス他原作 アラン・D・フォスター著 稲村広香訳　スター・ウォーズ〈フォースの覚醒〉
ジョージ・ルーカス原作 テリー・ブルックス著 上杉隼人／大島資生訳　スター・ウォーズ〈エピソードI ファントム・メナス〉
ジョージ・ルーカス原作 R・A・サルヴァトーレ著 上杉隼人／上原尚子訳　スター・ウォーズ〈エピソードII クローンの攻撃〉

2020年9月15日現在